논술과 자소서

논술과 자소서

초판발행일 | 2017년 10월 25일

지 은 이 | 한 주, 신동훈
펴 낸 이 | 배수현
디 자 인 | 박수정
홍 보 | 배성령
제 작 | 송재호

펴 낸 곳 | 가나북스 www.gnbooks.co.kr
출 판 등 록 | 제393-2009-12호
전 화 | 031) 408-8811(代)
팩 스 | 031) 501-8811

ISBN 979-11-86562-66-6(03800)

※ 가격은 뒤 표지에 있습니다.

※ 잘못된 책은 구입하신 곳에서 교환해 드립니다.

논술과 자소서

한민주
신동훈

PROLOGUE

글은 수많은 사람들이 살아가면서 서로간의 원활한 소통을 위해 선택한 수단이다. 글을 잘 쓰는 것만으로도 세상과의 소통에서 유리해질 수 있다. 글로 자신을 표현하고, 자신을 알리고, 자신의 의사를 표출해낼 수 있다. 아니 그렇게 해야 한다. 바쁘게 돌아가는 현 시대를 살아가기 위해서는 그렇게 해야만 한다. 만나야할 모든 사람을 만날 시간이 없고, 만나기 위해 먼 거리를 갈 여유가 없기 때문에 글로 자신을 소개해야 하고, 글로 그들을 설득시켜야 하는 것이다.

우리는 모두 특별하고 특수하다. 하지만 수많은 사람들 사이에 어우러져 살아가다보니 그저 평범한 한 사람이라고 여긴다. 허나 우리의 이야기와 가지고 있는 재능은 모두 다르고, 모두 특별하다. 누군가가 대체할 수 있는 그런 인재가 아니란 소리다.

사회에서는 나를 대체할 인재가 많다고 말할지 모른다. 하지만 그건 사회가 당신이란 사람에 대해 제대로 모르고 있

는 것이다. 또한, 그것은 당신이 당신 자신을 그들이 보는 서류에 제대로 담아내지 못하고 표현해내지 못했기 때문이다.

글로 자신을 알려라. 글로 자신을 제대로 PR하라. 시대는 갈수록 빠르게 흘러가고 있다. 당신을 직접 만나 당신을 알아가기 위해 시간을 투자하는 곳은 갈수록 줄어들고 있다. 당신이 작성한 글과 데이터만으로 당신을 알아갈 것이다. 이제 당신이 아닌 당신을 표현한 글과 데이터가 당신을 대신할 거란 말이다.

글은 사라지지 않는다. 아니 갈수록 중요해진다. 모든 자료와 정보는 문서화되고 데이터화 될 것이기에 글은 더욱 중요해지는 것이다. 갈수록 디지털화 되어가는 이 사회를 둘러보라. 글을 쓰는 것이 디지털화 되어 있을 뿐, 글의 활용도와 중요성은 더 커졌음을 알 수 있다. 정보가 넘쳐나는 SNS에도 모두 글로, 단어로 관련 정보를 찾고 있다. 나의 정보가 얼마나 많이 알려질 수 있느냐도 어떤 글, 어떤 단어를 첨가

해서 올릴 것이냐에 따라 달라진다. 글을 얼마나 잘 쓰느냐에 따라 달라지게 되는 것이다.

이 책은 그럼에 기획되었다. 청소년으로서 어떤 주제에 관한 자신의 의견을 피력할 수 있는 글이 논술이고, 사회인으로 진출하기 위해 사회에 자신을 알리는 첫 문서가 자기소개서이기 때문이다. 몇 장의 글과 문서로 자신을 드러내야 하는 세상에 이 책이 도움이 되어 보다 효율적이고, 두드러지게 자신을 알릴 수 있기를 바란다.

CONTENTS

CONTENTS

CHAPTER ❶

글쓰기

1장 | 글쓰기의 이해

Ⅰ 잘 쓰면 잘 산다!

글은 권력이었다

대한민국의 문맹률은 전 세계에서도 매우 낮은 수준이다. 세종대왕님의 애민정신으로 탄생한 한글 덕분에 말이다.

한글은 다른 언어에 비해 배우기 쉽고 과학적인 글자라 국민들의 문맹률도 낮으며, 한글을 처음 배우는 외국인들에게도 비교적 쉽게 터득할 수 있는 편이다. 배우기 쉬운 한글이라는 글자는 우리에게 늘 큰 자부심으로 여겨져 왔다. 전 국민이 누구나 글자를 쓰고 읽을 수 있는 덕분에 빠른 지식 전달로 급성장도 이룩해냈다. 누구나 글을 읽을 수 있고, 책을 읽으면서 배울 수 있게 된 것이다.

이렇게 지금은 대한민국 국민이라면 누구나 글을 읽고 쓸 수 있게 되었지만, 전 세계적으로 글은 오랜 시간 권력의 상징으로 기득권의 전유물이었다. 세종대왕이 한글을 반포하기까지 가장 큰 걸림돌이 되었던 것은 점점 보이지 않게 되는 눈이 아니었고, 백성에게 한글을 가르치기 위한 기구나 형식이 아니었다. 한글이 창제되고 백성에게 반포하기까지, 반포하고 난 뒤에도 끊임없이 세종대왕을 괴롭혔던 것을 기득권층, 즉 관료들이었다. 2011년도에 방영되었던 드라마 '뿌리 깊은 나무'에서 이런 모습을 쉽게 볼 수 있다.

그들은 오랜 시간 권력을 장악하고 있었다. 그리고 그 권력의 중심에는 늘 글자가 있었다. 한글이 정식으로 반포되고 알려지기 전까지 조선에는 오직 한자로 정보를 전달했고, 배움을 받을 수 있었다. 기회나 여건이 되지 않았던 백성은 몇백, 몇 천자로 구성된 한자를 배울 수 없었고, 한자를 알고 있던 양반들의 말을 통해서만 정보를 전달 받을 수 있었다.

대부분의 양반들은 이를 기반으로 군림했다. 불리한 정보는 전달하지 않았고, 유리한 정보로 왜곡시켜 전달했다. 주어야 할 것은 받아야할 것으로, 받아야할 것은 더 받아야 한다고 속였다. 그래서 글을 읽을 줄 아는 눈을 가진 자는 더 많은 재산을 가졌고, 그러한 눈을 가지지 못한 자는 더 많은 재산을 잃었다.

또한, 글은 신의 선물이기도 하였다. 쓰면 이루어진다는 말처럼 글은 축복이나 저주를 담는 초자연적 능력을 가진 것으로 믿어졌다. 일상의 세속적인 용도가 아니라 제사나 암송을 통해 현재와 미래에 일어날 일들에 영향을 미치기 위한 신들과의 소통 도구로 사용되었다.

전 세계 인류의 80%가 가지고 있다는 책, 성경은 세계적으로 가장 많이 팔린 베스트셀러이자 글자라는 기호로 쓰인 기록물 중 가장 위대하고 우수한 작품이라 손꼽힌다. 이러한 성경은 글로 기록되었다. 이것은 특별할 것 없는 당연한 것으로 여겨지고 있다. 그러나 글은 본격적으로 문자를 사용하기 이전의 사회에서는 신령한 힘이 깃들여 있는 것으로 여겨졌다. 그렇기에 글은 종교 행위의 규범을 만드는 것에 사용하는 것이 아닌 종교적 경외심을 불러일으키기 위해 사용되곤 했다.

모세는 책을 통해 글쓰기를 신령한 것이라 말하기도 했는데 이처럼 글은 신비롭고 신령한 것으로 여겨졌다. 그리고 이러한 태도는 고대 이스라엘과 같은 구술문화 사회에서 전반적으로 나타나는 현상이었다. 허나 지금은 누구도 글을 권력의 상징으로 여기지 않고, 신성한 것이라 말하지 않는다. 오히려 글을 모르면 이상한, 무식한 사람으로 여길 뿐이다.

2014년, OECD(경제협력개발기구)는 회원국 22개국을 대상으로 조사를 실시했다. 회원국 22개국의 국민 15만 명을 대상으로 독해력 실태를 조사한 것이다. 이는 회원국 노동 인력의 질을 평가하기 위한 조사였는데 이 조사에서 우리나라는 6000여명이 조사 대상에 들어갔다.

이 조사의 결과를 살펴보면 우선 16~24살 연령대에서 대한민국은 22개국 중 일본과 함께 3위를 차지하여 좋은 결과를 받았다. 허나 문제는 55~65살 연령대였다. 이 연령대에서 대한민국은 22개국 중 20위로 최하위권에 머무는 결과를 내고 말았다.

젊은 층과 중장년층의 독해력 점수 차이는 영국이 0.1점, 미국이 8점으로 그리 차이나지 않았는데, 대한민국은 48점으로 굉장히 큰 차이를 보인 것이었다. 부끄럽게도 조사 대상국 중 세대간 차이 1위를 차지하고 말았다. 글자를 읽을 수는 있지만, 그 의미를 제대로 이해하지 못하는 중장년층의 '실질문맹률'이 세계 최고 수준으로 드러난 것이다.

누구나 글자를 읽고 쓸 수 있는 시대에 살고 있다. 하지만 글을 제대로 읽고 쓰지 못하는 사람은 아직도 넘쳐나고 있다. 이 말을 다른 관점에서 본다면 글을 읽고 쓰고 있지만 아직도 글의 권력에 지배당하고 있는 사람이 많다는 것을 의미한다. 그럴싸한 글에 속고, 글을 제대로 이해하지 못해 속는 사람이 여전히 많이 있다는 것이다.

시대는 갈수록 글을 필요로 한다. 글을 모르는 사람은 없다고 여기기 때문이다. 1차적으로 대면보다 글로 상대를 파악하려는 방식이 늘어나고 있고, 글로만 자신을 알려야 하는 경우가 늘고 있다.

글은 우리 세상에서 빼놓을 수 없는 요소이다. 더불어 살아가는 우리네 세상은 서로 글이라는 기호를 통해 각자의 생각이나 정보를 전달하는 시스템을 구축하고 있다. 그 시스템 속에서 글을 쓰지 않으며 살아가겠다는 건 무모한 도전에 가까운 일이다.

하지만 이걸 또한 뒤집어 생각하면 글을 잘 쓰면 잘 쓸수록 유리하게 작용될 수 있음을 알 수 있다. 대학생이 리포트나 과제를 일목요연하게 잘 정리하여 제출한다면 좋은 평가를 받을 테고, 취업준비생이라면 같은 스펙이라도 잘 쓴 자기소개서가 취업의 당락 여부를 결정 짓게 된다. 당신이 회사원이라면 뛰어난 기획안과 제안서는 좋은 결과를 맺게 도와줄 것이고, 급속 승진의 발판을 마련해준다. 다른 의미의 '권력'을 가질 수 있게 된다는 것을 의미한다.

글은 사람과 사람간의 소통 도구이다. 약속된 기호의 표현이자, 자신을 알리는 수단이다. 그렇기에 글을 잘 쓰면 잘 쓸수록 기회도, 선택지도 많아진다. 어차피 글을 포기할 수 없다면 이왕이면 글을 잘 쓸 수 있도록 하는 쪽이 훨씬 유리하게 작용된다는 것이다.

글을 잘 쓴다는 말은 상대방과 잘 소통한다는 의미로 해석할 수도 있다. 상대를 이해하고 배려하는 마음이 있을수록 더 좋은 의도를 가지고 더 좋은 글을 쓸 수 있기 때문이다. 그렇기에 좋은 글은 누구나 쓸 수 있지만, 아무나 쓸 수는 없다. 누구나 상대방을 배려하고 이해할 수는 있지만, 아무나 그렇게 하는 건 아닌 것처럼.

오랜 시간 글은 권력의 기반이 되어왔다. 그리고 그것은 지금도 그리 다르지 않다. 잘 쓰면 잘 살 수 있다. 어쩌면 공기처럼 너무나 익숙해서 중요한 것임을 망각하고 지내고 있는 지도 모른다. 누구나 알지만 그렇기에 제대로 잘 아는 이가 유리해질 수 있는 것이다. 누구나 읽고 쓰기에 중요하게 여기지 않았던 글이 사실은 당신의 삶을 좌우할 수도 있는 큰 요소임을 깨닫기를 바란다. 글은 우리의 삶과 닿아있음을 말이다.

2 글쓰기의 일상화

글쓰기에 있어 가장 중요한 것은 매일 꾸준히 쓰는 습관을 들여 일상화시키는 것이다. 익숙한 공기처럼 쓰는 것에도 익숙해져야 한다는 것이다. 어떤 목적으로 쓴 글이 그 성과를 거두지 못하더라도, 매일같이 쓰고 있는 이 글이 별 의미가 없어 보인다 하더라도 그 어떤 주제의 글이라도 매일 매일 쓴다는 것이 중요하다.

글에는 완벽이라는 것이 존재하지 않기 때문에 글쓰기 연습에도 끝이 없으며, 충분히 준비된 글이란 것도 존재할 수 없다. 그렇기에 매일 매일 습관적으로 글을 쓰는 것에 익숙해지도록 해야 하는 것이다.

반복과 습관에 대한 중요성을 고대 그리스의 철학자인 소크라테스는 잘 알고 있었다. 어느 날, 소크라테스는 제자들에게 이렇게 말했다.

"오늘 우리는 세상에서 가장 쉬우면서도 가장 어려운 일에 대해 말해 보겠다. 모두들 어깨를 최대한 앞을 향해 흔들어 보아라. 그리고 다시 최대한 뒤로 흔들어 보아라."

소크라테스는 시범을 보이면서 계속 말을 이어 나갔다.

“오늘부터 모두들 매일 300번을 이렇게 하도록 해라. 할 수 있겠느냐?”

제자들은 이게 뭐 어려운 일이겠냐는 표정을 지으며 그렇게 하겠다고 답했다. 그리고 한 달의 시간이 지났고, 소크라테스는 다시 제자들을 불러 모아 물었다.

“한 달 전, 내가 알려준 어깨 풀기 운동을 매일 300번씩 하고 있는 사람이 아직 있느냐?”

그러자 제자들 중 90%가 자랑스러운 듯 손을 들었다. 소크라테스는 웃으며 고개를 끄덕였다. 그리고 또 다시 한 달 후, 소크라테스는 똑같은 질문을 다시 했다. 그러자 이번에는 80%정도가 손을 들었다. 그렇게 일 년이 지나고 다시 소크라테스는 제자들을 향해 물었다.

“아직까지 어깨 풀기 운동을 매일 300번씩 하고 있는 사람이 있느냐?”

이 때, 단 한 사람만이 손을 들었다. 그는 바로 훗날 고대 그리스의 대철학자가 되는 ‘플라톤’이었다. 단 한 명밖에 손을 듣지 않자 소크라테스가 말했다.

"처음 내가 너희들에게 매일 어깨풀기 운동을 300번씩 하라고 했을 때 너희는 모두 웃었다. 하지만 지금의 결과를 보아라. 지금까지 그것을 해 온 사람은 단 한 명 밖에 없다. 세상에서 가장 어려운 일은 가장 쉬운 일을 지속적으로 하는 것이다. 한 가지 일이라도 지속적으로 잘 해 낼 수 있는 사람은 반드시 성공할 수 있다."

어떤 분야든 그 일에 적응하고 잘하기 위해서는 매일같이 연습하고 반복해야 실력이 향상된다. 아무리 익숙해진 어떤 일이든 그 일에서 손을 떼고 반복하지 않으면 그 실력은 점차 떨어지게 된다.

글쓰기도 마찬가지다. 글을 잘 쓰고 싶다면, 글로 자신을 더 잘 알리고 싶다면 습관처럼 매일 쓰는 일을 반복해야 한다. 당신이 글을 잘 쓸 때까지 글을 쓰지 않겠다고 하는 것은 공부를 잘하게 될 때까지 학교를 가지 않겠다고 하는 것과 그 일을 제대로 처리할 수 있을 때까지 출근을 하지 않겠다고 하는 것과 마찬가지인 셈이다. 좋지 않은 점수를 받더라도 학교에 나가 수업을 열심히 듣고, 실수하고 실패하더라도 매일같이 출근을 하고 그 일을 부딪쳐야만 그 모든 것들이 쌓여

노하우가 생기고 익숙해질 수 있는 것처럼, 글쓰기도 익숙하지 않더라도 무엇을 써야할지 모르더라도 잘 쓰지 못하더라도 매일 반복적으로 무엇이든 쓰는 일을 매진해야 한다. 오직 그것만이 글을 더 잘 쓰기 위한 방법이자 유일한 길이다.

어릴 때는 만화책 보기를 좋아했다. 간혹 만화책을 보는 것을 반대하는 사람도 있지만, 만화책에서도 얻을 수 있는 정보가 많으며 충분히 감동을 느낄 수 있기 때문에 만화책 보는 것도 많은 도움이 된다. 만화책을 보다보면 어떤 것은 한 권, 혹은 몇 권으로 종결이 되기도 하지만, 어떤 것은 100여 권이 넘어 갈 정도로 장편일 경우도 있다. 그런데 장편 만화를 보다 보면 권수가 더해질수록 그림체가 세련되어지고, 캐릭터가 멋있어지는 경우를 종종 보게 되는데 그것은 작가 스스로 그 만화를 그리면서 실력이 향상되었기 때문이다. 만화라는 작품과 함께 작가도 성장한 것이다.

글도 마찬가지다. 어떤 글이든 쓰면 쓸수록 글과 함께 작가도 성장하게 된다. 간혹 여느 작가들은 '영감이 떠오를 때까지 글을 쓰지 않는다'고 하지만, 나는 소설가 크리스 보잘리언의 말에 더 공감을 한다.

"글쓰기는 욕망인 동시에 훈련이다.
영감이 떠오를 때까지 기다려선 안 된다.
그랬다간 어떤 작품도 끝내지 못할 것이다."

- 크리스 보잘리언 -

글쓰기는 습관적이어야 한다. 일상화가 되어 있어야 한다. 매일 매일 무엇이든 쓰는 일에 익숙해져야 한다. 쓰는 양보다 무엇이든 쓴다는 것 자체에 적응되어야 한다.

언제나 괴로운 훈련의 시간은 달콤한 결과를 가져 온다. 처음에는 단 세 줄의 글도 무엇을 써야할지 몰라 괴로워했지만 어느 새 세 쪽짜리의 논술이나 자소서에서 300쪽의 책 1권도 쓸 수 있게 해준다. 훈련이라는 헌신이 당신에게 달콤한 결과물을 가지고 오게 만드는 것이다.

어떤 목적을 갖고 매일 글을 쓴다면 멀지 않은 시간 언젠가 자신도 모르게 당신의 글은 성장해 있다. 그리고 당신 자신도 그 글과 함께 성장해 있음을 발견할 수 있을 것이다. 그저 오늘부터 감사한 일 세 가지씩을 적는 것이라도 상관없다. 중요한 건 무엇이든 습관적으로 쓰는 것이다. 그렇게 일

주일, 한 달, 1년의 시간을 매일 습관적으로 쓰는 일에 도전하라. 그리고 어디의 누구에게든 당당히 자신을 글로 표현하라. 이제 당신은 백 마디의 말보다 한 마디의 글로 더 자신을 PR할 수 있다.

단, 한 줄의 문장으로도 당신을 알리고, 상대방의 마음에 닿을 수 있다. 당신은 이미 충분히 그러한 훈련이 되어 있고, 그 일이 일상처럼 별 일이 아닌 것이 되어 있을 테니 말이다.

3 무엇을 전달하려 하는가?

글은 사람의 생각이나 어떤 일을 글자라는 기호로 기록하는 것을 의미한다. 생각하고 있는 그 무언가나 발생한 어떤 일들은 여러 가지 수단 중 글자라는 기호를 선택하여 기록하는 것을 글을 쓴다고 하는 것이다. 글은 결국 글자라는 기호를 통해 기록하는 것이기 때문에 이 과정에서 왜곡은 발생할 수밖에 없다. 그렇기에 글을 쓰면서 가장 중점적으로 생각해야 할 것은 글자라는 기호를 통해 기록되는 무언가가 최대한 왜곡 없이 의도한 바대로 전달되어야 한다는 점이다.

글에는 목적이 있다. 좋은 글은 글의 목적을 최대한 잘 전달하는 글이다. 글의 목적이 길을 잃지 않고 글쓴이의 목적 달성을 이룬다면 그 글은 좋은 글이 된다. 글을 쓸 때 글이 길을 해매지 않게 하기 위해서는 쓰면서 계속 스스로에게 이 글을 통해 '무엇을 전달하려 하는가?'를 물어보면 길을 잘 찾아갈 수 있다.

무엇을 전달하려 하는가는 달리 말해 글의 주제가 무엇이냐는 말로 바꿀 수 있다. 글의 핵심, 글의 목적, 글의 역할. 이 모든 것은 글의 주제에 담겨져 있다. 글 속에서 글의 주제가 명확히 담겨져 있느냐 없느냐에 따라 좋은 글이냐, 아니냐가 판가름이 난다. 그렇기에 글을 쓸 때는 항상 글의 주제가 명확하게 드러나 있느냐를 염려해가면서 쓰도록 한다.

글의 주제가 명확하게 드러나 있는지 없는지를 알아볼 수 있는 요소가 몇 가지 있는데 이번 장에서는 그것에 대해 짚고 넘어가보도록 하자.

☑ 글의 주제가 명확하게 드러나 있는지 검토하기 위한 요소

1 … 주제가 폭넓지는 않은가?

글의 주제는 '한정적'이어야 한다. 하나의 글에 넓고 다양한 주제의 글을 쓰게 되면 글의 방향성도 잃게 되고 전달력도 떨어지게 된다. 쉽게 말해 읽는 이로 하여금 '하고 싶은 말이 뭐야?'라는 생각이 들게 만든다는 것이다. 글의 중심 내용, 글의 주제는 단발성으로 잡고 최대한 폭이 좁은 범위로 잡아야 한다. 그래야 읽는 이는 하나의 주제에 집중할 수 있다.

2 … 글의 제목과 주제가 연관성이 있는가?

글의 제목에는 '명분'이 있어야 한다. 글의 제목이 내용과 전혀 동떨어져 있다면 그것은 글의 명확성을 떨어뜨리는 역할을 한다. 글의 제목에는 내용과의 연관성이 있어야 하고, 글 전체를 내포하고 있어야 한다.

종종 클릭 수를 유발시키기 위한 낚시 성 인터넷 기사 제목에 우리는 불쾌해하고 분노한다. 글의 제목도 마찬가지다. 글의 내용과 전혀 상관없는 제목이라면 글을 읽으면 읽을수록 당혹스러움과 동시에 불쾌함을 느끼게 된다. 제목에서 기대했던 내용과 다름을 점점 깨달을수록 그 느낌은 더 커진다.

제목에는 기대 심리가 있다. 왜 이 제목인지에 대한 답이 내용 속에 있을 거라는 기대 심리가 있다. 글의 내용은 읽으면 읽을수록 왜 이 제목이었는지를 이해시키고 만족시켜야 한다. 글의 제목과 내용이 이런 연결고리가 없으면 글은 방향성을 잃고 전달하려는 주제를 놓치게 된다.

3 … 내용이 주관적이지는 않은가?

글에는 글쓴이의 생각과 사상이 담긴다. 하지만 글의 전달력을 높이기 위해서는 사실을 바탕으로 쓴 '객관적'인 글을 써야 한다. 글이 글쓴이의 생각과 사상을 담아 그 전달력을 띄기 위해서는 더욱이 객관적인 글을 써야 한다. 객관적으로 인정받고 타당한 내용이어야 전달력을 갖게 되는 것이지 자신의 주관만을 내세우며 주장하는 내용은 불편함을 준다. 글은 사실을 바탕으로 하여 쓰는 것을 기본으로 한다.

4 … 충분한 근거는 있는가?

글에는 글의 주제를 뒷받침해주는 '근거'가 있어야 한다. 근거가 없는 주장은 억지스러우며 우기는 것밖에 되지 않는다. 글의 주제가 명확하고 설득력을 갖기 위해서는 그 주제에 타당한 충분한 근거가 필요하다.

이유, 사례, 원인 등 적절한 Why는 필수요소다. 적절한 why가 적재적소에 배치되는 것만큼 큰 설득력을 가지는 것도 없으며, 주제를 강하게 해주는 것도 없다. 혼자 빛나는 별이 없듯이 말이다.

5 … 중의적 표현은 없는가?

글을 쓰면서 '중의적인 표현'은 최대한 자제해야 한다. 중의적인 표현은 다르게 해석할 여지를 준다. 글쓴이의 의도에서 벗어날 여지를 만들어주는 셈인 것이다. 글의 주제에 붙잡아두려 한다면 중의적인 표현은 최대한 삼가야 한다. 같은 의미에 중의적인 표현이 아닌 다른 단어도 많이 있다. 굳이 중의적인 표현을 할 필요는 없다.

6 … 글에 모순은 없는가?

설득력 있고 명확한 글은 일목요연하다. 일목요연한 글은

'논리적'이다. 그리고 논리적인 글이라 함은 글에 일관성이 있고, 인과성이 있는 글이다. 이것은 흔히 대화에서 쉽게 찾아볼 수 있다. 논리 있게 말하는 사람에게는 말로 이기지 못한다. 반박할 틈이 없기 때문이다. 글도 마찬가지다. 논리적인 글에는 반박의 여지가 없다. 자신이 쓴 글이 논리적인지를 검토하라.

7 … 글이 함축적이진 않은가?

'함축적인 표현'은 애매모호한 성향이 있다. 알 듯 모를 듯한 느낌이 있다. 쓰고 있는 글이 '시'가 아니라면 기본적으로 함축적인 표현은 자제하는 것이 좋다. 처음 글을 쓸 때 '시'로 시작하는 경우가 많은데 앞서 말한 것처럼 '시'는 최종 관문이 되어야 한다. 구체적이고 풀어쓰는 글이 되어야 함축적인 표현도 자연스러워진다. 풀어쓰는 게 안돼서 함축적인 표현을 쓰는 것과 충분히 풀어쓸 수 있는 내용을 의도적으로 함축하여 표현하는 것은 농축도가 다르다.

8 … 과장은 하지 않았는가?

글이 주제, 주장을 드러내기 위하여 '과장'되어 있지는 않은가? 과장된 글은 오히려 반감을 사며 글의 진실성을 떨어뜨린다. 과장된 표현은 특히 감정적인 부분에서 조심해야 하는데 종종 글쓴이는 자신의 감정에 휩쓸려 과한 감정 표현을 하기도 한다. 감정에 너무 과한 표현을 하게 되면 감정 이입이 아니라, 감정 주입을 시키려는 느낌이 들기 때문에 반감을 사기도 한다.

글은 전달의 매개체다. 무언가를 전달하기 위해 글자라는 기호를 선택하여 기록한다. 글의 성공여부는 이 전달에 달려 있다. 얼마나 더 잘 전달할 것인가, 얼마나 더 왜곡 없이 전달할 것인가. 그리하여 글의 주제를 얼마나 더 명확하게 밝힌 것인가에 글의 목적이 있다.

완벽한 글이 없듯이 글의 주제가 100% 명확히 드러나 있다고 말할 수 있는 글은 없다. 하지만 최대한 100%에 가깝게 할 수 있도록 하는 노력은 반드시 필요하다. 당신의 글이 어떠한 생명력을 띨 것인지는 바로 그 노력에 달린 것이니 말이다.

4 Why와 What

우리는 간혹 의사소통이 제대로 되지 않아 오해를 하기도 하고, 싸우기까지 한다. 같은 말이라도 어떻게 전달하느냐에 따라 오해가 될 수도, 이해가 되기도 한다. 이건 비단 대화에서만 발생하는 상황은 아니다. 글에서도 이런 오해는 충분히 불러일으킬 수 있다. 잠시 이 글을 들여다보자.

"여보, 집에 들어오면서 술 좀 사다줘!"
"술? 갑자기 왜 술을 찾고 난리야?"
"난리? 내가 마시려고 그런다. 왜!?"

이런 상황은 흔히 부부 관계에서 많이 볼 수 있는 모습이다. 같은 말이라도 예쁘게 하지 않았다. 무시했다는 등의 이유로 싸우기 일쑤다. 과연 여기서 싸움의 원인은 부인의 말투 때문이었을까? 물론 부인이 군말 없이 사올 수는 있었겠지만 부인이 저렇게 말할 충분히 소지를 준 건 오히려 남편으로 볼 수 있다. 그렇다면 남편이 처음부터 이렇게 말했다면 어땠을까?

"여보, 당신 퇴근하면 바로 같이 밥 먹을 수 있게 요리하려고 하는데 고기 냄새 좀 잡게 오는 길에 술 좀 사다줘."

처음 남편의 말과는 확연히 다른 말이다. 이런 남편의 말에 부인의 처음과 같은 대답이 나올 리는 만무하다. 두 말은 단순히 남편의 말투 때문일까?

이것은 대화에서 'why'가 빠졌기 때문이다. 말에서든 글에서든 why, 그러니까 왜 이 말을 하는지, 이 글을 왜 하고 있는 지가 빠져있으면 이해시키기가 힘들고, 오해를 불러일으킨다는 것이다.

우리는 종종 원인 없는 결과는 없다는 말을 한다. 모든 상황에는 일어나는 이유가 있고, 모든 결과에는 그 결과를 초래한 원인이 있다. 결과를 이해하기 위해서는 그 원인을 알아야 한다. 원인을 모른 채 발생하는 결과에 대해서는 다양한 추측과 오해를 불러일으키기 십상이다.

그렇기에 말을 할 때는 꼭 그 이유, why를 첨가하여 말을 하면 오해를 줄일 수 있으며, 이것은 글을 쓸 때도 마찬가지이다. 이 글을 왜 쓰는 건지에 대해서 충분히 설명해주는 것이 중요하다. 이 글을 쓰는 목적이 대해서, 왜 이 글을 이렇게 쓴 건지 독자들을 충분히 이해시킬 수 있어야 한다.

why에 대해서만 이해를 시킬 수 있다면 일단 글의 역할은 반 이상 성공한 것이라 봐도 무방하다. 글의 명분을 납득시킬 수 있다면 우선 독자들은 열린 마음으로 글을 읽기 시작하기 때문에 그 뒤에 나오는 글들도 긍정적으로 받아들일 수 있게 된다. 아무리 좋은 메시지를 담았다 하더라도 독자들이 받아들일 마음의 준비가 되어 있지 않다면 그 메시지를 빛을 발하지 못하는 것이다.

자, 그렇다면 여기서 why와 연결되어 오해를 소지를 확연히 더 줄여주고, 더 뚜렷한 길을 방향을 잡아주는 요소가 있다. 그것은 바로 'what'이다.

위에서 남편은 오해의 소지를 줄여줄 수 있는 why를 첨가하여 "여보, 당신 퇴근하면 바로 같이 밥 먹을 수 있게 요리하려고 하는데 고기 냄새 좀 잡게 오는 길에 술 좀 사다줘." 라고 말했다. 그런데 여기서 what을 더 추가하여 이렇게 말한다면 어떨까?

"여보, 당신 퇴근하면 바로 같이 밥 먹을 수 있게 요리하려고 하는데 고기 냄새 좀 잡게 오는 길에 ○○에서 나온 ○○ 맛술 좀 사다줘."

이렇게 자신이 원하는 결과를 무엇(what)으로 만족시킬 것인지를 분명히 밝힌다면 차후 남편이 원했던 것과 다른 술을 사다줘서 싸우는 참사(?)도 피할 수 있다.

이것은 글을 쓸 때도 반드시 명심해야 하는 부분이다. 왜 이 글을 쓰는 건지를 밝히고 무엇으로 이 글에 대한 목적을 전할 것인지를 꼭 함께 써주어야 한다. 다양한 요소들로 결과에 도달하여야 하고, 다양한 방법으로 설득을 시켜야 한다.

"우리의 이웃을 돌아봅시다."

why 첨가	**"무관심 속에 우리 사회가 멍들어 갑니다.** 우리의 이웃을 돌아봅시다."
what 첨가	"무관심 속에 우리 사회가 멍들어 갑니다. **내가 먼저 이웃에게 웃으며 인사를 건네 보는 건 어떨까요?** 우리의 이웃을 돌아봅시다."

처음 글을 쓸 때 바로 why와 what을 넣어 쓰는 것이 어색하고 어렵다면 위의 보기에서처럼 글의 주제를 먼저 적고 why와 what을 가지치기를 하듯이 넣어주는 것도 좋다. 중요한 건 결을 위한 기, 승, 전이 필요하다는 것이고, 결론을 위한 서론, 본론이 꼭 필요하다는 점이다.

결과만 말하는 사람과는 소통하기 어렵듯이, 결과만 적혀있는 글은 이해하기 어렵다. 소통되지 않는 사람은 주위에 사람이 점차 떠나게 되고, 이해되지 않는 글은 점차 읽는 사람이 줄어들게 된다. 사람은 더불어 살기에 사람다운 것이고, 글은 읽혀질 때 비로소 그 의미를 가진다. 글이 글로써 제 역할을 하게 하는 것은 그 글의 주제가 아니라 그 주제를 드러나게 하고 이해시켜주는 why와 what임을 명심해야 한다.

시작과 동시에 주인공이 악당을 벌하고 끝나는 영화는 없다. 주인공이 왜 그 악당을 벌하려 하는지, 무엇으로 어떻게 벌하는 지 그 이야기가 재밌는 것이며, 그럼에 그 결과가 흥미롭고 납득이 되는 것이다. 이처럼 글에도 전하려는 그 메시지가 흥미를 유발하고 읽는 이로 하여금 마음을 움직이게 하기 위해서는 why와 what이 꼭 함께 쓰여 져야 한다. 누군가 내 글을 읽고 무슨 말인지 모르겠다고, 혹은 설득력이 없다고 한다면 상대방을 무시하고 화낼 것이 아니라, 내 글에서 why는 제대로 설득력 있게 쓰여 있는지, what은 충분히 들어가 있는 지를 검토해봐야 한다.

5 오탈자와 맞춤법

오탈자(誤脫字)의 사전적 의미는 잘못된 글자라는 뜻의 오자(誤字)와 빠뜨린 글자를 뜻하는 탈자(脫字)의 합성어(네이버 어학사전 발췌)라고 나온다. 요즘은 오탈자보다 그와 상등한 뜻으로 오타라는 말을 자주 쓰는데 PC부터 지금의 스마트 폰까지 수기보다는 타자기나 키보드로 글을 쓰다 보니 잘못 쓴 글을 표현할 때는 오탈자보다 오타라는 단어를 더 자주 쓰고 있다.

그런데 여기서 재밌는 건 글에 오탈자나 오타가 있더라도 글 전체적인 내용과 흐름을 이해하는 데는 크게 방해가 되거나 이해가 안 되는 건 없다는 것이다.

캠브리지 대학에서 오탈자에 관한 연구를 한 적이 있는데 그 결과 보고가 아주 재밌다.

'캠릿브지 대학의 연결구과에 따르면, 한 단어 안에서 글자가 어떤 순서로 배되열어 있는가 하것는은 중하요지 않고, 첫째번와 마지막 글자가 올바른 위치에 있것는이 중하요다고 한다. 나머지 글들자은 완전히 엉진창망의 순서로 되어 있지을라도 당신은 아무 문없제이 이것을 읽을 수 있다. 왜하냐면 인간의 두뇌는 모든 글자를 하나 하나 읽것는이 아니라 단어 하나를 전체로 인하식기 때이문다.'

'캠브릿지 대학의 연구결과에 따르면, 한 단어 안에서 글자가 어떤 순서로 배열되어 있는가 하는 것은 중요하지 않고, 첫번째와 마지막 글자가 올바른 위치에 있는것이 중요하다고 한다. 나머지 글자들은 완전히 엉망진창의 순서로 되어 있을지라도 당신은 아무 문제없이 이것을 읽을 수 있다. 왜냐하면 인간의 두뇌는 모든 글자를 하나 하나 읽는것이 아니라 단어 하나를 전체로 인식하기 때문이다.'

위의 보고서와 밑의 보고서의 차이점을 당신을 알겠는가? 아직 그 차이점을 잘 모르겠다면 한 글자, 한 글자 천천히 꼼꼼하게 읽어보기 바란다.

사실 이 연구결과는 우리도 쉽게 알 수 있다. 요즘은 대부분 스마트 폰으로 메시지를 보내는데 메시지에서도 오탈자, 오타는 쉽게 나온다. 하지만 오타 투성이로 메시지를 보내도 내용을 이해하는 데는 크게 문제가 없다. 이것은 오탈자가 내용을 이해하는 것이 크게 방해가 되지 않기 때문이다.

하지만 그럼에도 글을 쓸 때 오탈자는 몇 번을 검토하면서 꼼꼼히 보도록 해야 한다. 이것은 오탈자가 내용을 이해하는 것에는 큰 문제가 없지만 글의 값어치나 이미지를 크게 떨어뜨리기 때문이다. 글에도 첫 이미지는 중요하다. 글의 내용이나 글쓴이의 의도도 파악하기 전부터 오탈자로 인해 편견을 가지고 글을 읽게 해서는 안 된다.

오탈자는 조금만 신경 쓰고 작성하고 검토하면 100%까지 줄일 수 있는 부분이다. 조금의 노력이면 채울 수 있는 부분을 누락하여 글의 이미지를 떨어뜨리는 어리석은 짓은 하지 말자.

노력으로 충분히 채울 수 있는 글쓰기의 요소 중 또 다른 하나는 바로 '맞춤법'이다. 대부분의 사람들이 글을 쓸 때 사전의 도움을 받지 않는다. 하지만 나는 지금도 사전을 구비해두고 글을 쓰고, 책을 쓴다. 사람은 글을 쓸 때 자신이 주로 쓰는 단어나 말을 위주로 글을 쓰게 된다. 그 말은 즉, 자신이 자주 쓰는 단어의 맞춤법을 틀리게 알고 있는 경우 자신의 글에 맞춤법이 틀린 단어가 수두룩하게 쌓일 수 있다는 소리다. 그러니 돌다리도 두드려 보고 건넌다는 심정으로 인터넷, 혹은 어학 사전을 구비해두고 확인, 교정해 나가면서 글을 쓰도록 하자.

다음 페이지에 한국 사람들이 주로 틀리는 맞춤법에 대해서 정리해 두었으니 참고하기 바란다.

한국 사람들이 주로 틀리는 맞춤법

틀린 맞춤법	옳은 맞춤법	틀린 맞춤법	옳은 맞춤법
단언컨데	단언컨대	설레임	설렘
문안	무난	역활	역할
안되	안돼	나중에 뵈요	나중에 봬요
오랫만에	오랜만에	희안하다	희한하다
올래	원래	폐륜아	패륜아
예기	얘기	구지	굳이
왠만하면	웬만하면	왠 떡이야	웬 떡이야
건들이다	건드리다	애띠다	앳되다
일일히	일일이	어떻해	어떡해
내 꺼	내 거	몇일, 몇 일	며칠
제작년	재작년	임마	인마
궁시렁거리다	구시렁거리다	널부러지다	널브러지다
홧병	화병	구렛나루	구레나룻
개구장이	개구쟁이	줏어	주워
깨끗히	깨끗이	통채로	통째로
간지르다	간질이다	눈쌀	눈살

틀린 맞춤법	옳은 맞춤법
되물림	대물림
어의없다	어이없다
금새	금세
요세	요새
함부러	함부로
일부로	일부러
어따 대고	얻다 대고
설겆이	설거지
바램	바람
~하로	~하러
뒤치닥거리	뒤치다꺼리
핼쓱하다	핼쑥하다
귀뜸	귀띔
미쳐	미처
요컨데	요컨대
잠궜다	잠갔다

틀린 맞춤법	옳은 맞춤법
곰곰히	곰곰이
병이 낳았다	병이 나았다
일찌기	일찍이
않된다	안 된다
짜집기	짜깁기
뒷태	뒤태
깨닳음	깨달음
짖궂다	짓궂다
뒷풀이	뒤풀이

자주 틀리는 단어 이외에도 헷갈리는 상황이 몇 가지 있는데 몇 가지 짚고 넘어가도록 하자.

1 … '-률'과 '-율'

'법률'이 맞을까?
'법율'이 맞을까?

정답은 '법률'이다.

두음법칙은 어두에만, 제 2음절 이하에는 적용되지 않는 것을 원칙으로 하지만 이 경우는 예외이다. '률'과 '율'의 구별법은 받침으로 구별할 수 있다. 받침이 있는 말 다음에는 '-률'을, 'ㄴ'이나 받침이 없는 말 다음에는 '-율'을 쓰면 된다.

2 … '-던'과 '-든'

'네가 하던지 말던지'가 맞을까?
'네가 하든지 말든지'가 맞을까?

'-던'은 과거의 의미가 포함된 어미로 아직 과거의 행동이 완료되지 않은 상태일 때 사용한다.

'-든'은 조건과 선택의 의미가 포함된 상황일 때 사용한다.

쉽게 생각하면 과거의 상태일 때는 '-던', 선택의 상황일 때는 '-든'을 사용하면 된다. 그래서 정답은 '네가 하든지 말든지'가 옳은 표현이다.

3 … '아니요'와 '아니오'

어른의 물음에는 '아니요'라고 답해야 할까?
'아니오'라고 답해야 할까?

정답은 '아니요'가 맞다.

'아니요'는 감탄사 '아니'에 존대인 '요'를 붙인 말로 존댓말로 답한 말이 된다. 하지만 '아니오'는 형용사 '아니다'의 어간 '아니-'에 하오체의 어미인 '-오'가 붙은 형태로 서술어로만 쓰인다. '이것은 커피 잔이 아니오'처럼 말이다.

4 … '-로서'와 '-로써'

'당신은 교사로서'가 맞을까?
'당신은 교사로써'가 맞을까?

'-로서'는 자격, 지위나 신분을 나타낼 때 사용하고, '-로써'는 방법, 수단이나 도구를 나타낼 때 사용한다. 나는 이것의 구별을 '-로서' + '자격'을 합쳐 '서자', '-로써' + '방법'

을 합쳐 '써방'이라고 외웠는데 이 방법은 어릴 때 본 만화책에서 습득한 것이다.

5 … '-ㄹ게'와 '-ㄹ께'

'내가 할게'가 맞을까?
'내가 할께'가 맞을까?

'내가 할게'가 옳은 표현이다. 의문을 나타내는 표현이 아닐 때는 'ㄹ'뒤에서 된소리가 난다 하더라도 '-ㄹ게'인 예사소리로 적는 것이 옳다.

맞춤법은 누구나 틀릴 수 있다. 그래서 틀리면 수정하면 된다. 하지만 검토하고 수정하는 것을 소홀히 해서 애써 쓴 글의 이미지를 망칠 필요는 없다. 조금만 더 신경 쓰고, 조금만 더 꼼꼼히 검토하여 나의 글이 조금 더 잘 전달되고, 잘 설득시킬 수 있는 글이 될 수 있도록 하자. 이왕이면 다홍치마이지 않겠는가?

1 주어 이해하기

모든 문장에는 문장의 주인인 '주어'가 등장한다. 문장인 주인, 즉 문장의 주인공이란 뜻이다. 문장에서 행동이나 무언가를 나타내는 주체를 주어라고 하는데 쉽게 이해할 수 있게 예를 들어 보자.

철수가 밥을 먹는다.

이 문장에서 주어는 무엇일까? 바로 누가를 나타내는 '철수'가 주어가 된다. 밥을 먹는 주체가 철수이기 때문에 주어는 '철수'가 되는 것이다. 여기서 주어인 '철수'를 빼면 "밥을 먹는다"라는 문장이 되는데 그 주체가 누구인지, 밥을 먹는 사람이 누군지 알 수가 없기 때문에 주어를 생략하면 곤란하다.

하지만 두 개의 절로 이루어진 이어진 문장의 경우나 흐름을 보면 주어를 예상할 수 있는 경우에는 주어를 생략할 수 있다. 아니, 오히려 생략하는 것이 글을 더 깔끔하게 만든다.

철수가 밥을 먹으면서 땀을 닦았다.

이 문장은 "밥을 먹다"와 "땀을 닦았다"의 문장이 합쳐진 중문이다. 여기에서는 굳이 주어를 두 문장에 모두 넣지 않아도 밥을 먹는 주체와 땀을 닦는 주체가 동일함을 알 수 있기 때문에 뒤 문장에서는 주어를 생략해도 괜찮다.

하지만 이 문장에서는 어떨까?

철수가 밥을 먹다가 고개를 들었는데, 가게 창문에 손을 흔들고 있는 모습이 보였다.

이 문장에서도 뒤 문장의 주어는 빠져있다. 여기도 문장을 이해하는데 여전히 문제가 없을까? 선행절에서 밥을 먹다가 고개를 든 주체는 '철수'임을 알 수 있다. 하지만 후행절에서 손을 흔들고 있는 주체 역시 '철수'라고 한다면 상황이 이해되지 않는 이상한 문장이 되어버리고 만다.

이럴 때는 뒤 문장의 주어를 생략하면 안 된다. 상식적으로 이해가 되지 않고 납득이 되지 않는 문장에서 주어를 생략하면 문장을 이해할 수 없기 때문에 반드시 주어를 넣어야 한다.

철수가 밥을 먹다가 고개를 들었는데, 영희가 가게 창문에 손을 흔들고 있는 모습이 보였다.

주어를 생략해서 이해가 되지 않는 경우도 있지만, 반대로 주어가 너무 많아서 글의 이해가 어려운 경우도 있다.

나는 철수가 영희가 숙이가 가본 곳에 가자고 한 말을 들었다고 생각했다.

이 문장의 경우 주어가 너무 많은 탓에 한 눈에 이해되기 어렵다. 이런 경우는 주어와 서술어가 너무 떨어져 있어 이해가 쉽지 않은데 주어인 '나'와 '생각했다'라고 하는 서술어를 좀 더 가까이 붙이고, '영희'와 '가자'도 더 가까이 붙여야 이해하기 쉬운 문장이 될 수 있다.

숙이가 가본 곳에 영희가 가자고 한 말을 철수가 들었다고 나는 생각했다.

주어인 '나'와 서술어인 '생각했다'를 가까이 붙이고, '영희'와 '가자'를 가까이 배치하는 것만으로도 문장의 이해도가 확연히 올라간 것을 느낄 수 있다. 주어와 서술어를 바늘과 실처럼 따라 붙여주면 글의 오해를 줄일 수 있다는 것을 명심하자.

문장은 최대한 깔끔하고 단순한 것이 좋다. 주어가 많으면 많을수록 문장은 복잡해지고 이해하기 어려워진다. 한 문장에서는 하나의 정보만 담자. 한 문장에서 여러 가지를 전달하고 해결하려 들면 자칫 두 마리 토끼를 다 놓치는 경우가 생길 수 있다. 주어가 주어로 있을 수 있도록, 주어가 없어도 주어의 존재감이 사라지지 않도록 주어를 잘 챙겨주도록 하자. 누가 뭐래도 주어는 문장의 주인공이니 말이다.

2 서술어 잘 챙기기

서술어는 주어와 함께 문장의 주성분이 되는 요소이다. 문장의 주성분에는 주어, 서술어, 목적어, 보어가 있는데 그 중에서 서술어는 주어의 동작이나 성질, 상태 등을 나타내는 역할을 한다.

나는 밥을 먹는다.

여기서 주어가 '나'가 된다면 주어의 동작이나 성질, 상태를 나타내는 서술어는 '먹는다'가 되며, 서술어 '먹는다'의 동작 대상이 되는 '밥'이 목적어가 된다.

나는	밥을	먹는다.
⬆	⬆	⬆
주어	목적어	서술어

위에 문장에서처럼 흔히 문장에서 '무엇을 어찌하다', '무엇이 어떠하다', '무엇이 무엇이다' 등의 표현을 할 때, '어찌하다', '어떠하다', '무엇이다'에 해당하는 것이 서술어이다. 말 그대로 문장의 주인공, 주어를 서술하는 역할을 하는 문

장 성분이 서술어인 것이다.

서술어도 주어와 마찬가지로 한 문장에 하나의 서술어가 들어가는 것이 일반적이다. 하지만 때에 따라 두 개의 목적어를 하나의 서술어로 표기하면서 생략할 수도 있다.

나는 밥과 국을 동시에 먹는다.

이 문장에서 목적어에 해당하는 '밥'과 '국'은 '먹는다'라는 하나의 서술어로 행동을 표현할 수 있다. 하지만 이 경우에는 어떨까?

나는 밥과 책을 동시에 먹는다.

이 문장 역시 서술어는 '먹는다'이다. 그리고 이 문장의 목적어는 '밥'과 '책'이다. 그렇기에 어색해진다. 목적어가 '밥'과 '국'일 때는 '먹는다'라는 하나의 서술어로 표기해도 이상하지 않았지만, 목적어가 '밥'과 '책'으로 바뀌었을 때는 '먹는다'라는 하나의 서술어로 표기하기에 적합하지 않다. '밥을 먹는다'는 말이 되지만, '책을 먹는다'는 말이 되지 않기 때문이다. 이럴 때는 반드시 두 목적어에 맞는 서술어를 모두 써야 한다.

나는 밥을 먹는 동시에 책을 읽는다.

글을 쓸 때는 항상 목적어와 서술어의 관계를 살펴보고 목적어에 맞는 서술어가 빠지지 않았는지, 반대로 하나의 서술어로 표기해 문장을 더 깔끔하게 할 수는 없는지를 살펴보아야 한다. 하나의 문장에서는 하나의 서술어만이 필요하지만, 하나 이상의 문장, 즉 중문일 경우에는 서술어 하나로 표현할 것인지, 따로 표현할 것인지를 염두에 두어야 하는 것이다.

주어와 서술어는 문장의 기본 구성요소이기 때문에 쉽게 생각하는 경향이 있지만, 기본이 되는 만큼 가장 중요한 역할을 한다. 글을 잘 쓰기 위해서는 문장의 주성분인 주어와 서술어, 목적어와 보어를 얼마나 잘 쓰고, 적절하게 배치하느냐에 달렸다고 해도 과언이 아니다. 무슨 일에든 기본이 가장 중요한 법이니 말이다.

늘 곁에 있어 소중한 걸 잊고 사는 것처럼 늘 문장에 숨어 살고 있어서 중요한 역할인 것을 놓칠 때가 있다. 하지만 뼈대가 흔들린 건물은 무너지듯 주성분이 빠진 문장은 무너지는 법이다. 글의 시작을 알리는 주어와 서술어, 이들을 잘 챙길수록 글은 더 좋아진다.

3 과유불급, 접속사

접속사는 말 그대로 문장과 문장을 접속시켜 주는 말이다. 쉽게 말하면 더하기라고 말할 수 있겠다.

문장 + 문장

↑
접속사

접속사는 문장과 문장을 이어주는 역할을 하는 만큼 여러 문장을 쓸 때 반드시 필요한 요소이다.

하지만 아이러니하게도 문장마다 접속사를 넣게 되면 글이 유치해지고, 문장 사이의 긴밀도를 떨어뜨리게 된다. 같은 문맥의 문장이라면 굳이 접속사를 넣을 필요가 없다는 것이다.

우리는 운동장으로 향했다. 그리고 축구를 시작했다. 그랬더니 곧 땀이 나기 시작했다. 그리고 철수가 말을 했다.

"더우니까 이제 축구 그만 하자."

그래서 우리는 축구를 그만했다. 그리고 우리는 땀이 너무 많이 나 함께 목욕탕을 가기로 했다.

이 글에는 다양한 접속사가 과하게 사용되었다. 문장마다 접속사가 사용되어 유치한 느낌을 주고 접속사 때문에 오히려 글의 흐름이 방해되는 느낌도 받게 된다. 이 문장에서 불필요한 접속사를 빼면 어떨까? 우선 접속사를 먼저 찾아 보자.

우리는 운동장으로 향했다. 그리고 축구를 시작했다. 그랬더니 곧 땀이 나기 시작했다. 그리고 철수가 말을 했다.

"더우니까 이제 축구 그만 하자."

그래서 우리는 축구를 그만했다. 그리고 우리는 땀이 너무 많이 나 함께 목욕탕을 가기로 했다.

총 5개의 접속사가 사용되었다. 여기서 불필요한 접속사를 빼도록 하자.

우리는 운동장으로 향했다. 축구를 시작했다. 곧 땀이 나기 시작했다. 철수가 말을 했다.

"더우니까 이제 축구 그만 하자."

우리는 축구를 그만했다. 우리는 땀이 너무 많이 나 함께 목욕탕을 가기로 했다.

이 글에서 사용된 접속사는 모두 뺄 수 있다. 문장과 문장의 관계나 상태를 충분히 이해할 수 있는 문장이라면 굳이 그 사이에 접속사를 넣을 필요는 없다. 앞의 문장과 전혀 다른 상황 변화나 장소 변화가 아니라면 접속사를 생략할 수 있다.

하지만 이 점은 유의해야 한다. 반드시 들어가야 할 부분의 접속사를 빼면 갑자기 등장하는 문장을 받아들이기 어려워진다.

우리는 운동장으로 향했다. 축구를 시작했다. 곧 땀이 나기 시작했다. 철수가 말을 했다.

"더우니까 이제 축구 그만 하자."

우리는 축구를 그만했다. 우리는 땀이 너무 많이 나 함께 목욕탕을 가기로 했다. 그런데 철수가 움직이지 않았다.

여기서 '그런데'라는 접속사를 넣지 않고 바로 '철수가 움직이지 않았다'라는 문장이 들어왔다면 앞의 '목욕탕을 가기로 했다'라는 문장과 이어서 예상할 수 있는 상황이 아니기 때문에 어색함을 느끼게 된다. 이럴 때는 반드시 접속사 '그런데'나 '하지만' 등을 넣어서 문장이 부드럽게 이어질 수 있도록 해주어야 한다.

글을 정리할 때 어느 부분에서 접속사를 빼고 넣어야 하는지를 알려면 접속사를 빼고 글을 읽어 보면 된다. 접속사를 빼고 읽었을 때 글을 이해하는 데 어색하지 않다면 생략해도 괜찮은 것이다. 하지만 뭔가 어색하고 접속사가 없어서 글의 의미가 바뀌게 된다면 반드시 접속사가 있어야 하는 문장이다.

과유불급, 접속사에게 가장 어울리는 사자성어가 아닐 수 없다. 접속사는 반드시 필요하지만 가능한 적게 넣도록 한다. 그것이 접속사라는 존재를 가장 빛나고 두드러지게 한다.

4 변화무쌍한 문말 표현

같은 내용이라도 어떤 글은 단조롭지만, 어떤 글은 읽기 수월하다. 그 이유는 문말 표현의 다양성에 있다.

성공한 사람들은 불가능과 실패를 염두에 두지 않는다. 아니 생각조차 하지 않는다. 그럴 가능성이 있다는 것조차를 생각하지 않는다. 경제가 어떻고, 사회가 어떤지는 관심에 두지 않는다. 오로지 성공에만 관심을 둔다. 원하는 것만 생각하고, 원하는 결과에만 관심을 둔다. 이것이 당신을 원하는 장소로 데려간다.

좋은 내용을 담은 좋은 글이다. 그런데 왠지 모르게 단조롭고 딱딱한 느낌이 든다. 이것은 문말 표현이 '-않는다', '-둔다', '-데려 간다' 등 같은 형식의 문말로만 이루어져 있기 때문이다. 아무리 좋은 내용을 담았다 하더라도 같은 형식의 문말로만 표현을 한다면 이 글을 읽는 사람은 금방 지루해지고 읽기 부담스러워 한다. 반대로 같은 글이라도 문말 표현을 조금만 더 다양하고 다채롭게 하면 글이 훨씬 읽기 편해지고 부드러워진다.

성공한 사람들은 불가능과 실패에 대해 염두에 두지 않는

다. 아니 생각조차 하지 않고 있다. 그럴 가능성이 있다는 것조차 생각하지 않고 있음이다. 경제가 어떻고, 사회가 어떤지는 관심을 두지 않는다. 오로지 성공에만 관심을 둔다. 원하는 것만 생각하고, 원하는 결과에만 관심을 둘 뿐이다. 이것이 당신을 원하는 장소로 데려가 준다.

같은 글이라도 문말을 조금씩만 바꿔줘도 훨씬 읽기에도 좋고 부드러워진다.

문말을 바꾸는 것은 누구나 쉽게 할 수 있다. 이것은 어려운 기술이나 어떤 방법을 필요로 하는 작업이 아니기 때문이다. 앞의 문장에서 '-한다'로 문장이 종결되었다면 다음 문장에서는 '-하면 된다'로 바꿔주고, '-있다' 다음에는 '-있음이다'라는 문말로 변화를 주면 된다. '-다'로 끝나는 문장이 많다면 중간 중간 '-까'의 되묻는 형식의 문말을 넣기도 하면서 글을 흐름을 바꿔도 좋다. 같은 글이라도 '-하면 될 것이다'고 끝낼 수도 있지만, '-하면 어떨까'로 생각할 수 있는 여운을 줄 수도 있는 것이다.

이처럼 문말의 변화는 다양하다. 같은 글이라도 문말을 어떻게 바꾸느냐에 따라 느낌이 확연히 달리지게 되고, 혹 딱딱할 수 있는 장르의 글도 문말을 어떻게 넣어 주냐에 따라 재밌게 읽을 수도 있다.

문말을 어떻게 사용하느냐에 따라 글은 더 독자와 함께 호흡할 수도 있고, 독자와 더 가까워질 수도 있다. 그저 문말을 다양하게 쓰기만 해도 말이다.

문말은 시기적절하게 변화무쌍한 모습을 보여야 한다. 그것이 글을 웃게 할 것이고, 읽는 독자를 웃게 할 것이다.

5 글의 맛을 더하는 요소들

요리는 재료가 갖고 있는 그 원형의 맛을 살리는 것이 중요하다고 한다. 글도 마찬가지다. 문장이 담으려는 주제를 최대한 살리는 것이 중요하다. 그리고 요리에도 재료의 맛을 극대화 시켜주는 양념이 있듯이, 글에도 글의 맛을 더해주는 요소들이 있다. 그 요소에는 다양한 것이 있는데 바로 각종 '-사'들이 그것이다.

글의 맛을 더하는 '-사' 중 첫 번째는 '대사'다. 글 중간 중간 들어가는 대사는 글의 재미를 더해준다.

그렇게 그 친구에 대한 것들을 내려놓고 며칠이 지났을 무렵 우연히 다른 친구에게서 그 친구의 소식을 듣게 되었다. 그 친구와 어쩌다보니 만나게 됐는데 얘기를 하다 보니까 내 얘기가 나왔다고 했다. 내 소식을 들은 그 친구는 어릴 때 자신이 내가 그렇게 몸이 안 좋은 줄도 모르고 괴롭혔는데 그게 계속 마음에 걸렸었다며 꼭 내가 진심으로 성공하길 바란다는 말을 했다고 한다.

이 글에서 일부분을 대사로 바꿔보자.

그렇게 그 친구에 대한 것들을 내려놓고 며칠이 지났을 무

렵 우연히 다른 친구에게서 그 친구의 소식을 듣게 되었다.

"너 ○○알지? 걔가 네 얘길 하더라? 어릴 때 자기가 너 그렇게 몸이 안 좋은 줄 모르고 괴롭힌 게 계속 마음에 걸렸대. 너 만나게 되면 진심으로 성공하길 바란다고 전해달래."

그저 글의 일부분을 나열 형식에서 대화 형식으로 바꿨을 뿐인데 상황이 더 잘 그려지고 글에 생동감과 재미가 더해진다. 이것은 논문을 읽는 것보다 소설을 읽는 것이 더 재밌는 것과 같은 것이다. 그저 같은 내용을 대화 형식으로 바꿔 주기만 해도 글은 더 재밌어지고 더 맛있어진다.

글의 맛을 더하는 또 다른 '-사'는 바로 '고사'다. '고사'라고 하지만 꼭 고사만을 말하는 것은 아니다. 글의 주제에 맞는 '명언'이나 '에피소드'가 글의 맛을 더한다고 하겠다.

글의 주제에 맞는 고사, 명언, 에피소드는 글의 윤활유 역할을 한다. 글을 부드럽게 이어지게 하고, 그 재미를 더한다.

지금 하고 있는 행위들이 과거냐, 현재냐가 그리 중요한 것은 아니지만, 우리가 과거를 살아가고 있음이 분명하다면 지금 자신이 처해 있는 모든 상황도 과거로 인식하는 것이 가능하다는 것이 된다. '그랬었지'라고 여기며 이미 지나간 과

거로 보는 것이 가능하다는 얘기다. 지금 자신이 그 어떤 견디기 힘든 시간을 보내고 있더라도 말이다.

"이것 또한 지나가리라(Soon it shall also come to pass)**."**

"이것 또한 지나가리라."라는 말은 모든 것을 과거로 여기는 말이다. 현재 자신이 그 어떤 곤경에 처해있든, 그 어떤 영광스런 자리에 앉아 있든 모든 것은 결국 지나가는 과거가 될 것이며 이미 지나간 과거임을 말해주고 있다. 그러니 그 어떤 곤경에 좌절할 필요도, 그 어떤 성공에 자만해서도 안 된다는 것을 의미하고 있는 것이다.

이 글에 '이것 또한 지나가리라'에 관련된 고사를 함께 넣어 보자.

지금 하고 있는 행위들이 과거냐, 현재냐가 그리 중요한 것은 아니지만, 우리가 과거를 살아가고 있음이 분명하다면 지금 자신이 처해 있는 모든 상황도 과거로 인식하는 것이 가능하다는 것이 된다. '그랬었지'라고 여기며 이미 지나간 과거로 보는 것이 가능하다는 얘기다. 지금 자신이 그 어떤 견디기 힘든 시간을 보내고 있더라도 말이다. 유대인의 지

혜서인 〈미드라시(Midrash)〉에 보면 이런 일화가 담겨 있다.

이스라엘의 다윗 왕이 어느 날 궁중의 보석 세공사를 불러 한 가지 명을 내렸다.

"내가 언제나 끼고 다닐 반지를 하나 제작해서 가져 오라. 반지에는 글귀를 새기되 내가 전쟁에서 승리하거나 위대한 일을 이루었을 때 우쭐해 하지 않고 겸손해질 수 있어야 하며 또한, 견디기 어려운 절망에 빠졌을 때는 용기를 주는 글귀여야 한다. 이에 해당하는 글귀를 적어 오지 못하면 네 목숨도 부지하기 힘들 것이다."

명을 받은 세공사는 고민에 빠지게 된다. 아무리 생각해도 그런 글귀가 떠오르지 않았던 것이다. 자신의 목숨이 걸린 일이라 안절부절 하지 못하던 세공사는 결국 솔로몬 왕자를 찾아가 도움을 요청하게 되는데 솔로몬은 세공사의 말을 듣고는 잠시 생각에 잠겼다. 그리고는 곧 미소를 지으며 글귀 하나를 말해 주었다.

"이것 또한 지나가리라(Soon it shall also come to pass)."

세공사는 솔로몬 왕자의 글귀를 듣고는 바로 반지를 제작하여 다윗 왕에게 반지를 바쳤다. 반지를 받아 들고 글귀를 살펴보며 다윗 왕은 잠시 생각에 잠기더니 흐뭇한 표정을 지

으며 만족했다고 한다.

"이것 또한 지나가리라."라는 말은 모든 것을 과거로 여기는 말이다. 현재 자신이 그 어떤 곤경에 처해있든, 그 어떤 영광스런 자리에 앉아있든 모든 것은 결국 지나가는 과거가 될 것이며 이미 지나간 과거임을 말해 주고 있다. 그러니 그 어떤 곤경에 좌절할 필요도, 그 어떤 성공에 자만해서도 안 된다는 것을 의미하고 있는 것이다.

훨씬 글의 재미를 더해주고 흐름이 부드러워짐을 느낄 수 있다. 적재적소에 고사, 명언, 에피소드를 넣어 주는 것, 그것이 글의 맛을 한층 더해 줄 것이다.

하지만 이와 반대로 신경 써야 할 '-사'도 있다. 그건 바로 '조사'와 '부사'인데 특히 '조사'는 신경 쓰지 않으면 전혀 다른 의미로 해석될 수도 있기 때문에 더욱 조심해야 한다.

칼의 노래의 김훈 작가는 '버려진 섬마다 꽃이 피었다'의 문장에서 조사인 꽃'이'를 꽃'이'로 할지, 꽃'은'으로 할지 이틀을 고민했다고 하는데 이것은 조사 하나의 차이로 '이'는 사실을 진술한 문장이 되고, '은'은 주관적인 그만이 아는 것이 되기 때문이라고 밝혔다.

이처럼 조사는 별거 아닌 것 같지만 의미가 완전히 달라지는 것이기 때문에 신중하게 써야 한다. 그 중에서도 가장 혼동하는 조사가 바로 위에서 언급한 '-은/는'과 '-이/가'이다. 이 둘은 가장 많이 쓰면서도 가장 혼동되는 조사이기 때문에 조심해야 한다.

'-은/는' 보조사이며, '-이/가'는 주격조사인데 이름처럼 하는 역할도 확연히 다르다. '-은/는'은 주제어를 만드는 기능을 하는데 대부분 설명의 대상이 되는 주제어에 붙고, '-이/가'는 주어를 만드는 조사로써 행위의 주체를 나타내는 주어에 붙는다. 쉽게 말하자면 '-은/는'은 주관적인 의견을 묘사할 때 사용하며, '-이/가'는 객관적인 의견을 묘사할 때 사용된다고 생각하면 된다.

눈은 예쁘다.
눈이 예쁘다.

두 문장의 차이를 느낄 수 있는가? '눈은 예쁘다'는 말은 눈 이외의 다른 부분은 별로 예쁘지 않다는 글쓴이의 주관적인 담긴 문장이고, '눈이 예쁘다'는 눈 말고 다른 부분은 언급 자체를 하지 않았다. 다른 부분이 예쁠 수도 있고, 아닐 수도 있지만 이 문장에서는 언급을 하지 않은 것이다.

이렇게 조사 하나를 바꿨을 뿐인데 의미는 확연히 달라진다. 한 음절에 불과한 '조사' 하나가 글의 의미를 좌지우지 할 정도로 중요한 역할을 하고 있는 것이다. 글을 쓸 때는 항상 '조사'를 신경 써야 함을 잊지 말자.

그리고 신경써야할 또 다른 '-사', 바로 '부사'이다.

'부사'는 부사어마다 서술어가 정해져 있는데 다른 서술어가 오면 문장이 굉장히 이상해진다.

절대로 반칙을 해야 한다.

이 얼마나 어색한 문장이란 말인가? '절대로'라는 부사가 쓰였다면 뒤에는 '-안 된다', '-아니 된다' 등의 부정어가 와야 한다. 이 밖에도 '부사'에게는 당연하게 따라와야 할 서술어가 있는데 몇 가지만 정리해 보도록 하자.

부사에 맞게 따라오는 서술어

부사	서술어
절대 / 전혀 / 결코 / 도저히 / 별로	-안 된다 / -아니 된다 / -않다 / -없다
얼마나	-할까? / -니? / -냐?

만약에 / 만일	-면 -일 것이다
왜냐하면	-하기 때문이다
다만	-할 뿐이다
비록	-일 지라도 / -지만
아마	-일 것이다 / - 할 것이다
아무리	-야 한다 / -아니다
여간	-아니다 / -않다

부사의 제 짝을 찾아주는 일. 이것도 신경 써야 할 부분이다.

글의 맛을 더하는 요소들은 다양하다. 어떻게 보면 사소하고 별거 아닌 것 같지만 이런 것들이 더해져 글 전체의 맛과 전달력이 향상되는 것이다. 글을 다 썼다면 이러한 요소들을 더 넣어 맛을 더할 부분은 없는지 살펴보도록 하자. 독자들에게 더 맛있는 글을 보여 주기 위해서.

CHAPTER ❷

논술

1장. 논술 준비 3단계
2장. 논술 쓰기
3장. 논술 5대 작성 요령

1장 | 논술 준비 3단계

1 논술은 논문이 아니다

논술은 수학, 물리학의 문제처럼 답이 정해진 문제가 아니다. 그저 자신의 생각을 각자의 전달력 있는 방식으로 서술할 뿐이다. 평가 기준 자체도 평가자의 성향에 따라 달라지는 경우가 태반이기 때문에 같은 글이라도 어떤 평가자는 만점을 주지만 어떤 평가자는 그저 그런 평가를 주기도 한다. 이렇듯 논술은 명확한 답이 없기 때문에 많은 학생들과 학부모가 논술을 어렵게만 여긴다. 정확한 답이 없다는 것은 확신을 가질 수 없다는 것이고, 확신을 가지지 못하면 불안할 수밖에 없다.

허나 갈수록 논술의 역할과 영역은 넓어져 가고 있으니 미칠 노릇이다. 사회는 정해져있는 답보다 자신의 생각과 판단력을 평가할 수 있는 논술에 더 많은 비중을 두고 있다. 주입식 교육과 학과 공부에만 초점이 맞춰져 있다가는 큰 낭패를 보기 십상인 것이다. 그렇다고 수험생이 논술 시험에 대비하기 위해 학과공부를 밀어둘 수는 없는 노릇이니 어떻게 해야 좋을까?

논술에 대한 관점부터 바꿔보도록 하자. 논술 시험에서 요구하는 것은 어떤 특정 분야의 전문 지식, 전문가 수준의 관점을 바라는 것이 아니다. 일반적인 학생 수준의 관점과 견해면 충분하다. 논술 시험의 요점은 학생의 입장에서 벗어난 주제와 수준을 바라는 것이 아니다. 교과와 관련된 다양한 주제를 통해 각자가 갖고 있는 논리적, 창의적 수준을 보려하는 것에 그 의의가 있으며, 이를 통해 기본적 자질을 파악하려는 것이다.

교육인적자원부가 제시한 논술고사의 개념 역시 '제시된 주제에 관해 필자의 의견이나 생각을 논리적으로 서술하도록 하는 시험'이라고 정의하고 있다. 쉽게 말해 논술이란, 어떠한 주제와 문제를 통해 학생의 관점과 이해력, 사고력, 논리력, 서술력 등 종합적인 문제해결 능력을 평가하는 것이다. 이는 보통 수준의 학생이면 누구나 접근할 수 있고, 이해할 수 있는 수준이니 지레 겁을 먹고 어렵게만 바라볼 필요가 없다.

☑ 일반 고등학생 상식 수준이면 OK!

논술에서 보려는 것은 필력이 아니다. 어렵고 전문적인 내용을 바라는 것도 아니다. 학생에게서 나오기 힘든 수준의 전문적인 글은 오히려 거북함이 들게 한다. 특정 한 분야를 깊이 파고 들어가 출제자 기대 이상의 수준을 보여주는 것이 좋은 것만은 아니라는 소리다. 그저 주어진 주제에 따른 자신의 생각을 상식 수준의 평이한 글로 써내려가는 것이 가장 좋다.

요즘 사회적 이슈가 되고 있는 '4차 산업 혁명'이 주제로 나왔다고 하더라도 당황할 필요가 없다. 그저 앞으로 세상이 어떻게 변해갈 지에 따른 자신의 생각과 견해를 잘 피력하면 된다. 논술은 학생에게서 그 어떠한 답을 찾아내기를 바라는 것이 아니다. 그저 어떤 주제든 그에 따른 자신의 견해를 얼마나 잘 정리하여 서술할 수 있는 가를 보려함이니 무엇에도, 어떤 주제에도 당황할 필요가 없다.

종종 논술에 대비하기 위해 많은 시간을 할애하거나 비싼 수강료를 내기도 하는데 논술을 논문을 쓰는 것처럼 여겨서는 안 된다. 논문과 논술은 닮았지만 다르다. 논문과 논술 모두 어떤 주제에 따른 객관적인 근거와 주관적인 견해가 들어가야 한다는 점에서는 닮아있지만, 논문은 전문적인 주제에 전문가적인 판단과 사고가 들어가야 한다. 그렇기에 자료 수집과 집필에 충분한 시간이 주어진다. 허나 논술은 일반적인 주제를 바라보는 상식적인 판단과 사고가 들어간다. 그렇기에 짧은 시간 안에 서술하고 제출하는 것이다. 논술을 논문처럼 준비해서는 안 된다. 또한 논문처럼 어렵게 여겨서도 안 된다.

교과서를 많이 봐라!

학생들이 가장 많이 보는 것이 무슨 책인가? 그야 말할 것도 없이 교과서다. 그렇기에 논술은 가능한 교과서 내에서 주제를 찾으며, 교과서에서 벗어난다 하더라도 전혀 연관이 없는 주제는 선정하지 않는다. 논술 출제 자체가 사교육을 부추겨서는 안 되며, 학과 공부에 지장을 주려고 하지는 않기 때문에 주제 자체가 교과서와 밀접한 관련을 가질 수밖에 없다. 논술이 대한 이해와 스킬을 터득하기 위해 학원을 다니고 시간을 따로 할애해야 한다면 논술고사의 취지와 어긋나버리기 때문에 주제를 교과서에서 벗어나게 하지는 않는 것이 대부분이다.

교과서에는 충분히 다양하고 많은 작품이 실려 있다. 고전부터 현대까지 역사, 문화, 과학, 철학 등 다양한 주제와 작품이 실려 있다. 교과서 내에서도 충분히 논술 주제를 선별할 수 있기 때문에 큰 사회적인 이슈가 아니라면 교과서 내에서 주제는 정해진다. 교과서에 실린 내용만 충분히 소화한다면 논술의 주제에 당황할 일은 없다.

평가자의 평가 수준은 생각보다 낮다!

교과서 내에서 선별된 주제에 고등학생 일반적인 수준의 글이면 되기 때문에 평가자의 평가 수준 역시 그에 맞춰진다. 평가자의 수준을 너무 높게 잡아 다양한 미사어구를 많이 쓰고, 문장을 길고 고급스럽게 쓸 필요는 없다. 고등학생이 짧은 시간 안에 얼마나 다양하고 전문적인 견해를 담을 수 있단 말인가. 평가자들은 무리한 요구를 하는 억지꾼들이 아니다.

그들이 '고등학생은 이정도 수준이면 충분해'라고 생각하는 기준은 생각보다 낮다. 지레짐작으로 그들의 평가 기준을 높게 잡아 나에게 어울리지도, 맞지도 않는 문체나 상식을 억지로 집어넣지 마라. 억지스러움은 부자연스럽게 만든다. 부자연스러운 글을 매끄럽지 않게 됨으로 결국 읽기에 불편한 글이 되어버리고 만다.

긴장을 하게 되면 자신의 실력을 제대로 발휘하지 못하게 된다. 그렇다면 긴장은 어디서 오는가? 바로 두려움이다. 논술을 너무 어렵게 여기지 말고, 두렵게 여기지도 말자. 그저 편하게 누군가에게 자신의 생각을 이야기하듯이 쓰면 될 뿐이다. 친구와 이야기 하듯이, 부모님에게 내 생각을 전하듯이 그리 편하게 설득력 있게 쓰면 된다.

논술은 논문이 아니다. 어렵지도 까다롭지도 않다. 쉽고 편하게 생각해야 한다. 논술에 대한 관점을 바꾸는 것부터 시작하자! 그래야 내 생각이 편하게 나오게 되고, 술술 써내려갈 수 있게 된다.

2 논술의 기초 단련

논술이 고등학생 일반적인 수준의 글이면 충분하다고 했지만, 그래도 그 전에 단련시켜야 할 부분은 있다. 일반적인 글과는 달리 논술은 출제자가 제시하는 조건과 지시사항이 있기 때문에 출제자가 제시한 조건과 지시사항을 제대로 이행하지 않으면 아무리 잘 쓴 글이라 하더라도 좋은 점수를 기대하기는 어렵다.

출제자가 제시하는 조건과 지시사항은 여러 가지가 있는데 그 중 가장 많은 조건이 바로 글자의 양이다. 출제자가 몇 자내로 서술하라고 조건을 제시했다면 반드시 그 조건을 지켜주어야 한다. 또한, 어떠한 방식으로 서술하라고 제시했다면 반드시 이 방식을 지켜주어야만 한다. 논술의 핵심은 바로 이 조건을 지켜나가면서 자신의 생각을 서술하는 것이니 말이다. 그렇기에 직접적인 글쓰기에 앞서 기초적으로 단련시키고 습득해야할 몇 가지 요소들이 있다.

1 … 원고량을 맞춰라!

논술 시험에서 가장 많이 제시하는 조건은 바로 글자 양이다. 대체로 1000자에서 1500자 내의 조건을 제시하는데 원고로 따지면 5, 6장 정도 되는 분량이다. 갈수록 많은 분량의 글을 요구하는 추세이기 때문에 자신의 생각을 잘 풀어내는 연습이 되어 있는 것이 중요하다.

조건으로 제시한 분량에서 5%정도 부족하게 쓰는 것이 가장 적절하며, 10%까지도 감정 요인이 되진 않는다. 허나 제시된 분량에서 넘어가는 것은 곤란하다. 대부분 제시되는 조건이 '1500자 내로 서술하시오!'의 형식이기 때문에 조금 부족한 건 괜찮지만, 넘어가는 것은 바로 마이너스 요인이 되기 때문이다.

그렇기에 다양한 분량으로 자신의 생각을 정리할 수 있는 연습이 필요하다. 어떤 분량으로든 그 안에서 서론, 본론, 결론을 담아낼 수 있어야 하며, 그 분량에서도 적절하게 서론, 본론, 결론의 분량을 채울 수 있어야 하는 것이다.

처음에는 1000자를 기준으로 연습하는 것을 권한다. 1000자의 분량이 익숙해지기에는 가장 편한 분량이기 때문인데, 1000자 내에서 서론, 본론, 결론의 분량을 적절하게 배치하는 연습을 해야 한다. 서론, 본론, 결론은 20%, 60%, 20%의 비율이 가장 적절하다. 이것은 적절하다는 것이지 반드시 그래야 한다는 점이 아님을 기억해주길 바란다. 이 비율을 맞추기 위해 1000자의 글을 쓸 때 서론은 200자, 본론을 600자, 결론을 200자에 맞추려 애쓰는 어리석은 연습을 해서는 안 되니 말이다. 억지로 서론의 흐름을 끊거나 결론을 급하게 마무리하게 되면 어색한 글이 되어버리니 너무 서론, 본론, 결론 분량에 신경 쓰며 글을 쓰지는 않기를 바란다.

2 … 시간을 지켜라!

원고 분량 다음으로 늘 제시되는 조건이 시간이다. 논술도 결국 시험이기 때문에 시간이 정해지는 건 당연한 일이다. 수능도 마찬가지지만, 시험에서 시간 안배를 잘 못하게 되면 큰 낭패를 보는 경우가 많다. 주어진 시간을 파악하고 전체적인 시간 안배를 어떻게 할 것인지를 염두 해두지 않으면 정리되지 않는 결과물을 제출할 수밖에 없게 된다. 처음부터 주어진 시간의 전체적인 안배를 생각하고 그 시간 안에서 주제를 파악하고, 개요를 짜고, 서론, 본론, 결론을 쓰고, 전체적인 수정을 하는 시간을 가져야만 만족스러운 결과물을 제출할 수 있다.

시간 안배에 대한 연습이 되어 있지 않으면 초조한 마음에 주제도 제대로 파악하지 못하고 접근하기도 하며, 마무리를 제대로 짓지 못하고 제출할 수도 있기 때문에 시간 안배는 무엇보다 중요한 요소일 수밖에 없다. 앞서 말했듯이 어려운 주제가 아니기 때문에 누구나 주제에 따른 자신의 생각을 서술해 나갈 수 있다. 단지 이것을 얼마나 체계적으로 전달력 있게 서술할 수 있느냐가 점수의 차이를 만드는 것이다. 특히, 글은 마지막 다듬기가 굉장히 중요하기 때문에 글을 다 써놓고 흐름이나 부적절한 단어, 불필요한 표현 등을 반드시 정리해주어야 한다. 글이 아무리 좋아도 오타나 문법의 오류가 많이 발견되면 좋은 점수를 받기 힘들어진다. 애써 쓴 좋은 글이 오타나 문법 때문에 점수가 깍이는 일은 없어야 하기에 반드시 탈고하는 시간을 가져야 한다.

3 … 요구사항을 파악하라!

글은 항상 목적을 가진다. 어떤 글이든 목적을 갖고 있다. 특히 논술은 확실한 목적을 가진다. 출제자의 의도를 파악하여 출제자가 만족할 만큼 글을 작성하여 만족스러운 점수를 받는 목적을 가지고 있다. 그렇기에 주어진 문제, 요구사항을 정확하게 파악하는 것이 중요하다.

생각보다 많은 학생들이 문제를 대충 훑어보고 예상했던 문제로 파악하고 글을 쓰는 경우가 있다. 출제자가 원했던 것과 전혀 다른 소리를 하고 있다는 것이다. 이것은 논술 능력이 부족한 것이 아니라, 주의력이 부족한 것이다. 신중하지 못했고, 섬세하지 못해서 생기는 허점이기 때문에 논술 능력과는 무관하게 좋은 점수를 받지 못하게 되는 것이다.

이러한 글은 출제자도 끝까지 꼼꼼하게 보지 않는다. 아니, 볼 필요성을 못 느낀다. 첫 단추부터 잘못 끼어진 글을 뭣 하러 끝까지 읽어보겠는가. 처음부터 주제와는 전혀 다른 소리를 하고 있는데 말이다. 점수 역시 안 봐도 비디오다.

문제를 해결하기 위해서는 원인을 분명히 알아야 한다. 바이러스를 치료하는 약을 만들기 위해서 바이러스를 제대로 분석해야만 하듯이 말이다. 논술도 글을 쓰기 전에 주제를 확실히 파악해야 한다. 출제자가 원하는 요소를 100% 이해하고 이행해야 하는 것이다. 그것이 논술의 핵심이다.

가끔 결론은 정해놓고 그 결론에 대한 원인에 대해 서술하라는 식의 주제가 나오기도 하는데 이때는 결론에 대해서는 그리 신경 쓸 필요가 없다. 답은 이미 나와 있으니 말이다. 굳이 다른 결론을 도출해내려 애먼 시간과 분량을 쓰려 할 필요는 없는 것이다. 출제자의 의도가 그것이 아니니 말이다. 출제자의 의도는 같은 결론을 가지고 각자 어떤 식으로 접근하는 지를 보려 하는 것인데 굳이 애써 다른 결론으로 출제자의 의도를 피해갈 필요는 없지 않은가.

논술은 가장 기본적인 것만 잘 지켜도 좋은 점수를 받을 수 있다. 다양한 지식과 어려운 스킬을 쓰지 않아도 문제를 제대로 파악하고 이해하여, 그 의도에 맞게 평범한 단어로 써 내가려가기만 해도 충분히 좋은 결과를 기대할 수 있다. 논술 역시 시험이라는 생각 때문에 머리가 굳고 긴장하게 되는데 그럴 필요가 전혀 없다. 무엇이든지 쉽게 생각하면 쉬운 것이지만 어렵게 생각하면 한없이 어려운 법이니 말이다. 논술을 쉽게 여기는 것에서부터 시작해야한다.

3 습관적 읽기와 쓰기

논술은 특별히 시간을 내서 공부를 하거나, 학원을 다닐 필요는 없다. 그저 평소에 꾸준히 읽고 쓰는 연습이 되어 있으면 어떠한 주제로 문제가 출시되더라도 크게 당황하지 않고 좋은 결과를 낼 수 있다. 읽고 쓰는 것 자체가 익숙지 않은 상황에서 갑자기 어떠한 주제를 던져주며 이것에 관해 자신의 생각을 글로 서술하라고 하면 누구나 첫 글에서부터 막히기 마련이다. 그리 어려운 주제가 아님에도 첫 글을 시작하는 것 자체가 어렵고 부담스럽게 느껴지는 것이다. 그러니 평소에도 읽고 쓰는 것을 습관처럼 익숙하게 해 둘 필요가 있다.

☑ 독서하기

습관적인 읽기에는 아무래도 독서를 말할 수밖에 없는데, 독서량이 반드시 좋은 필력과 비례하는 것은 아니지만 유리하게 작용하는 건 분명하다. 우리가 새로운 언어를 배울 때 아는 단어만큼만 말하게 되고, 들리게 된다. 이는 글을 쓸 때도 마찬가지다. 글을 쓸 때는 누구나 자신이 아는 단어 내에서 표현하게 되고 선택하게 된다. 그러다보니 독서량이 적은 사람과 많은 사람의 글의 차이는 풍부한 단어에서 드러나게 된다. 독서량이 적은 사람은 자신이 아는 단어 내에서 자신의 생각을 표현해내려고 하다 보니 적합한 단어보다는 적절한 단어를 많이 사용하게 되고, 독서량이 많은 사람은 아는 단어가 많다보니 적합한 단어를 적재적소에 잘 배치할 수 있게 되는 것이다.

또한, 독서를 많이 하다보면 자연스럽게 올바른 맞춤법과 문법에 익숙해지기 때문에 실수도 적어지게 되며, 자신도 모르게 글의 흐름을 파악할 수 있게 되어 글을 쓸 때 의식하지 않아도 글의 흐름이 자연스럽게 쓸 수 있게 되는 것이다.

무엇보다 글은 쓰는 사람의 성향을 그대로 담아내기 때문에 다양한 사람들의 글을 읽게 되면 생각의 폭이 넓어지게 되며, 다양한 관점에서 바라보고 생각할 수 있는 시야가 생기게 된다. 어떤 사물이나 사건을 객관적인 시야로 바라볼 수 있게 되는 것이다.

독서를 한다고 해서 특별히 어려운 책을 봐야 하는 건 아니다. 그저 자신의 수준에 맞는 책이면 되며, 권장도서 위주로 읽는 것이 좋다. 장르는 다양할수록 좋으며 만화책도 괜찮다. 일부 부모님은 만화책 보는 것을 금지 시키는 데 내용이 잔인하고 자극적인 것만 아니면 만화책도 도움이 된다. 만화책이든 문학책이든 우선 책을 가까이 두는 것이 더 중요하기 때문에 만화책에서부터 시작하는 것도 좋은 방법 중 하나다. 더구나 요즘 만화책은 전문적인 내용을 담고 있는 것도 많아 다양한 지식을 얻을 수 있기 때문에 만화책이라고 해서 모두 반대하는 것은 바람직 하지 않다. 사람마다 접근 방식이 다르고, 스타일이 다르기 때문에 각자 자신에게 맞는 방식으로 책을 접하도록 하는 것이 중요하다.

책은 많이 본다고 무조건 좋은 것은 아니다. 책을 보면서도 저자의 의도를 파악하고 이해하는 것이 중요하지 무조건 다독을 한다고 남는 것이 아니다. 책을 볼 때는 중요하고 핵심이 되는 말에는 줄을 쳐가면 정독하는 것을 권한다. 읽어 좋았던 책은 3번까지 다시 보는 것이 좋다. 어떤 책이든 최대한 흡수해야 자신의 것이 되는 것이지 무조건 읽은 책 권수를 늘린다고 이해력이 느는 것은 아님을 기억해야 한다.

독서가 글쓰기의 기본이라고는 하나, 반드시 독서가 필력과 비례하는 것은 아니다. 독서가 글쓰기에 있어 필요조건이긴 하지만, 충분조건은 아니니 말이다. 다만 기회가 될 때마다 다양한 장르의 좋은 책들을 자주 접할 수 있도록 하자. 꼭 논술이 아니더라도 독서는 우리 삶의 필요조건임은 분명하니 말이다.

습관적 쓰기

독서가 읽기의 습관이라면 쓰기의 습관은 일기다. 일기는 모든 장르의 기초가 된다. 자신의 이야기를 풀어 쓰는 연습을 일기를 통해서 하는 것이다. 일기는 매일 자신에게 있었던 일을 글로 기록하는 것이다. 그렇기에 습관적 쓰기에 가장 적합한 방법이다.

일기가 습관적 글쓰기에 좋은 방법이라면 필력 향상에 좋은 글쓰기는 필사다. 틈틈이 신문이나 책을 필사하는 방법도 필력 향상에 큰 도움이 된다. 필사는 다양한 효과를 누릴 수 있는데 가장 먼저 심평기화(心平氣和)의 효과를 누릴 수 있다. 심평기화(心平氣和)란, 말 그대로 '마음이 평화로워지고, 기온이 온화해진다'는 뜻이다. 쉽게 말하자면 차분해지는 효과를 누릴 수 있다는 것이다.

또한, 필사를 할 때마다 뇌를 자극하여 뇌를 활성화시킴으로써 많은 영감을 불러일으킨다. 즉, 창의력을 향상시킨다는 뜻이다. 필사는 현재까지도 현역 작가들이 가장 많이 쓰는 방법인데 이 말은 검증된 필력 향상 방법이라는 것이다.

일기와 필사만 꾸준히 쓸 수 있다면 글쓰기에 대한 두려움은 많이 사라지게 된다. 우리는 다양한 공포를 느끼는데 그 공포 중 하나가 무지(無知)에 따른 공포다. 모르기 때문에 두렵고 겁나는 것이다. 글쓰기에 익숙하지 않은 아이에게 갑자기 어떤 주제로 글을 쓰라고 하면 두렵고 어려울 수밖에 없다. 허나 일상에서 글쓰기는 것이 익숙한 아이라면 어떤 주제로도 자신의 생각을 글로 풀어낼 수 있다. 그런 아이에게 논술은 이미 시험이 아니게 된다.

신문과 TV보기

공부에 1분 1초가 아까운 시기에 무슨 신문과 TV냐고 하겠지만 실상은 다르다. 일부러 시간을 내 논술 학원을 다니는 것보다, 하루에 30분만이라도 꾸준히 신문을 보고 시사 토론 프로그램을 시청하는 것이 논술 준비에는 더 효과적이다.

논술이 글로 자신의 생각을 표현한다는 점에서 신문을 보는 것이 더 좋기야 하겠지만, 시사 토론 프로그램 같은 것도 자신의 생각을 정리 정돈하여 이야기 한다는 점에서 많은 도움이 된다. 또한, 현재 사회적 이슈와 경제 상황을 파악하는 것에도 도움이 되기 때문에 공부할 시기라도 너무 미디어와 떨어뜨려 놓는 것도 좋은 방법은 아니다. 어차피 요즘은 스마트 폰이 있기에 떨어뜨리려고 해도 그럴 수도 없는 것이 현실이며, 많은 대학에서 사회적 이슈와 시사에 관한 부분을 통해 학생의 안목을 평가하는 추세이니 사회적 관심을 가지는 것도 반드시 필요하다.

신문을 볼 때는 전체를 다 정독하기 보다는 자신이 관심 있는 분야의 기사를 골라 보거나, 객관적인 근거를 가지고 전개해나가는 칼럼이 논술 공부에 적합하다. 칼럼을 읽어보고 요점을 다시 정리해본다면 더할 나위 없다. 논술 시험에서 종종 제시문을 요약하고 정리하는 요구도 있으니 말이다.

논술은 일상생활에서 동 떨어진 과목이 아니다. 문맹률이 가장 낮은 나라인 만큼 누구나 글을 쓰고 읽을 수는 있기 때문에 논술을 위해 무언가를 꼭 배워야 하는 것은 아니다. 그저 논술을 위한 관점과 익숙함이 필요할 뿐이다. 초등학교 때 숙제로 많이 하던 베껴 쓰기, 일기 쓰기만 열심히 해도 충분히 좋은 결과를 낼 수 있다. 이 말은 초등학교가 의무교육인 우리나라에서는 누구나 논술에서 좋은 결과를 받을 수 있다는 것이다.

익숙한 것은 가벼운 것이 아니다. 무엇이든 익숙해지기까지는 시간이 필요하다. 무거운 것이 가볍게 여겨질 만큼의 근육이 생기기까지는 반드시 반복적인 시간과 운동이 필요한 법. 지금부터 그 근육을 만들어 나가도록 하자.

2장 | 논술 쓰기

1 객관성과 논리성

글을 서론, 본론, 결론으로 나눴을 때 가장 많은 분량을 차지하는 부분은 본론이다. 한 편의 글 전체를 10으로 가정해 봤을 때, 서론이 2정도를 차지하고, 결론이 2정도를 차지한다. 남은 6의 분량이 본론이 되는 것이다.

글의 핵심은 결론에 있다. 결국 이 글을 통해 하고 싶은 말이 무엇인가, 전하려고 하는 메시지는 무엇인가가 결론에 들어가는 것이다. 이 결론이 설득력을 갖고 목적이 최대한 충실히 이행되기 위해서는 결론을 뒷받침해주는 본론, 즉 객관적인 본론이 중요하다.

본론은 결론을 뒷받침해주는 객관적인 근거가 된다. 결론은 글쓴이의 주관적인 주장, 생각이 담기지만, 이 주관적인 주장에게 설득력을 주는 것은 객관적인 근거를 담은 본론인 것이다. 특히 논술은 객관적인 논의 과정을 통해 주관적인 결과를 글로 표현하는 것이기 때문에, 다른 글보다 더욱 객관적인 본론을 필요로 한다. 수필이나 일기 등 자신의 감정을 담는 일반적인 글에서는 자유로이 자신의 생각과 감정을 담아내면 되지만, 설득력을 담아야 하는 논술에서는 객관적인 사실을 바탕으로 서술해나가야 한다. 그렇기에 글을 쓸 때는 항상 설득력 있는 주관은 탄탄한 객관에서 나온다는 걸 기억해야 한다.

"탄탄한 객관을 근거로 한 주관이 설득력을 가진다!"

주관만을 담은 글은 소통되지 않은 일방적인 주장의 글이 된다. 말이 안 통하는 꼰대 같은 글이 된다는 뜻이다. 반대로 객관적인 정보만 담은 글은 콘텐츠의 묶음일 뿐이다. 누군가가 필요로 한 정보를 정리하여 보내야 하는 글이라면 상관없지만, 설득을 요하는 글이라면 알맹이 없는 글일 뿐이다. 한참 친구에게 얘기를 듣다가 "그래서 결국 네가 하고 싶은 말이 뭐야?" 이렇게 묻게 되는 글인 것이다.

적절한 객관성과 주관성의 조화를 이루는 글이라면 그 글은 훌륭한 설득력을 가지게 된다. 이것은 적절한 객관성과 주관성을 띤 글이 논리적이기 때문이다. 논리의 기본은 주관적인 편견이나 감정에 치우치지 않고 이치에 맞게 이야기하고 주장하는 것이다. 설득을 요하는 논술 형식의 글에는 특히 논리성이 강조되는데 이는 설득이란 과정에 논리성은 필수 요소이기 때문이다.

논리가 있다는 것은 일관성이 있다는 것이고, 설득의 순서를 제대로 지키고 있다는 것을 의미한다. 말을 할 때나 글을 쓸 때나 서두 없이 감정적으로 다가가서는 자신의 입장을 충분히 전달하지 못한다. 좀 더 쉽게 말하자면 글에서 가장 논리성을 띠는 형식이 서론, 본론, 결론 형식의 글인 것이다. 이 전개 과정을 벗어나지 않은 글을 기본적으로 논리적인 형식을 따른 글이 된다. 서론에서 why? 왜 이 얘기를 하는 지를 말하고, 본론에서 what? 무엇으로 주장하려는 바의 근거를 들 것인지를 밝히고, 마지막 결론에서 자신의 주관적인 주장을 펼치는 것이다.

논술에서는 출제자의 의도를 파악하여 이 순서대로 객관과 주관을 적절하게 배치하여 논리적인 주장을 펼치면 된다. 자신이 아는 범위 내에서, 아는 단어와 표현 내에서 말이다. 논술 시험에서 요구 되는 객관성과 논리성은 이해력과 사고력을 보기 위한 객관성과 논리성일 뿐, 어려운 지적, 작문 수준을 보려함이 아니다. 억지스럽지 않고 어색하지 않은 주장, 딱 그 정도면 된다.

2 주제 정하기

주제는 글에 있어 핵심적인 역할을 담당한다. 주제란 중심이 되는 문제를 뜻하는데, '무엇'에 관해 글을 쓴다고 할 때의 그 '무엇'이 주제가 되는 것이다. 논술에서는 출제자의 의도가 될 것이며, 글을 쓰는 이에게는 자신의 생각을 밝혀야 할 그 무엇인 것이다.

출제자의 주제가 '집'이라면 초가집, 기왓집, 아파트, 단독 주택 등 자신이 좋아하는 집의 스타일을 정하는 것이 글을 쓰는 이의 주제가 된다. 각자 선호하는 집에 말하고 왜 그 집을 좋아하는 지에 대해 나열하면 되지만, 출제자의 주제인 '집'에서 정해야 한다.

글을 쓰면서 항상 고려하고 신경 써야 할 부분은 글이 주제를 벗어나지 않고 있느냐이다. 어떻게 문제를 다룰 것인지는 자유로이 접근하되, 어떤 문제를 다룰 것인지는 정해졌다면 글이 이 문제를 벗어나서는 안 된다. 글을 쓰기 전에 주제에 필요한 자료를 수집하고 범위를 한정 지어야 글을 쓸 때 주제를 벗어나지 않을 수 있다.

글의 주제를 정할 때는 너무 광범위하게 잡아서는 안 된다. 출제자의 의도를 파악하여 자신만의 접근 방식을 정해야 한다. 긍정을 할 것인지, 부정을 할 것인지, 새로운 관점을 제시할 것인지를 정하고, 그에 따른 주제를 좁혀 하나의 핵심 주제를 정해야 한다. 짧은 글 안에 너무 많은 내용을 담으려고 하다가 글이 산으로 가는 경우가 생기기 때문에 최대한 주제를 좁히고 그 주제에 따른 충분한 근거를 들도록 해야 한다.

주제는 형식에 따라 3가지로 분류할 수 있는데 우선 잠정적 주제인 '가주제'와 구체적 주제인 '참주제', 그리고 핵심 메시지인 '주제문'으로 나뉠 수 있다.

1 … 가주제(잠정적 주제)

큰 범위의 포괄적인 주제다. 초가집, 기왓집, 아파트, 단독 주택 등 이를 모두 포함한 '집'이 바로 가주제라고 할 수 있겠다. 출제자의 의도에 따라 글을 쓰려는 이의 내용이 바로 가주제인 것이다. 가주제에서는 아직 글쓴이의 핵심적인 주장이나 견해가 드러나지 않는다. 그저 그 '무엇'에 불과하다. 이 '무엇'으로 어떤 얘기를 하고 싶은지에 대해서는 가주제만으로는 알 수 없다. 논술의 경우에는 출제자가 제시하는 것이 가주제가 되는 것이다.

2 … 참주제(구체적 주제)

가주제에 따른 자신의 주장이나 관점을 드러낸 주제다.

즉, 글의 방향성을 정하는 것인데 가주제에서 생각의 범위가 좁혀지고 구체적인 주장이 참주제에서 드러나게 된다. 가주제를 접근하는 글쓴이의 관점과 방향이 참주제에서 드러나는 것만큼 참주제가 진정한 의미의 주제라고 할 수 있다. 그렇기에 참주제를 정할 때는 신중하는 것이 좋다. 참주제는 글 전체를 압축시켜놓은 것과 다름없기 때문에 글이 결코 참주제를 벗어나서는 안 된다. 또한, 참주제에서는 범위가 한정적이고 제한적이어야 한다. 자신이 주장하는 바가 이래도 좋고, 저래도 좋은 건 설득력이 없는 법이니 말이다.

3 … 주제문

참주제에서 핵심이 되는 중심 문장을 주제문이라고 한다. 주제문은 주어와 서술어로 이루어진 하나의 온전한 문장인데, 이 주제문 하나만으로 자신이 하려는 말이 명확히 드러나야 한다. 이 주제문에는 글쓴이의 사상, 생각, 신념이 모두 담긴다. 이 주제문과 참주제는 반드시 연관되어야 하며, 가능한 참주제가 주제문의 주어부로 들어가는 것이 좋다.

주제문은 하나의 문장임으로 하나의 주장만을 담아야 하며, 구체적이어야 한다. 주제문에서 주장한 내용은 본문에서 반드시 근거가 드러나야 하며, 중의적인 단어의 사용을 지양해야 한다. 또한, 주제문을 통해 글의 전개 방향을 예상할 수 있기 때문에 낚시성 주제문은 피해야할 요소이다.

주제를 정할 때는 자신이 감당할 수 있는 범위여야 한다. 그럴싸한 느낌으로 정하는 것이 아니라, 구체적으로 자신이 충분히 근거를 제시하고 주장할 수 있는 범위여야만 설득력을 가질 수 있다. 또한, 주제를 좁혀 나가는 과정에서 출제자의 의도를 벗어나지 않도록 주의해야 하며, 클리셰의 주장이 아닌 자신만의 참신한 주제, 주장을 끌어낼 수 있도록 해야 한다.

주제를 정하는 것은 남들보다 많은, 남들보다 뛰어난 것을 찾는 과정이 아니라, 남들과 다른 것을 찾는 과정이다. 누구에게서도 찾을 수 없는 그 사람만의 흥미로운 주장, 관점을 제시하는 것이 출제자를 매료시킬 수 있는 방법이다. 그렇기에 출제자의 의도를 파악하여 주제를 정할 때는 다른 것이 아닌, 자기 자신으로 들어가 문제에 대한 자신의 생각을 찾아야 한다. 바로 자기 자신에게 출제자가 원하는 답이 들어있으니 말이다.

3 개요 작성하기

개요란, 글을 본격적으로 쓰기 전에 전체적인 윤곽을 먼저 그리는 작업이다. 집으로 치자면 집을 짓기 전에 그리는 설계도와도 같은 것이다. 집을 지을 때 설계도가 없다면 부실공사가 될 것이 자명하다. 글은 쓰다가 수정하며 고쳐나갈 수 있지만 논술 특성상 시간적인 제한이 있기 때문에 언제까지이고 수정하면서 써나갈 수는 없다. 개요를 먼저 작성해서 쓴다면 주제를 벗어나지 않고 수월하게 써나갈 수 있다. 또한, 글의 중복을 피하고 중요한 내용을 빠뜨리는 실수를 하지 않도록 도와주기 때문에 전체적인 흐름과 균형을 유지할 수 있다.

글을 쓸 때는 개요를 미리 작성하여 거기에 살을 붙이고 수정하는 과정에 익숙해지는 것이 중요하다. 글을 쓸 때마다 개요를 작성하고 써야하는 것은 아니지만, 이것에 익숙해져 있으면 초고를 바로 작성할 때도 전체적인 흐름과 균형을 유지할 수 있게 된다. 숲을 그린다고 생각해본다면 처음부터 나무, 꽃 하나하나를 구체적으로 그리기보다 먼저 전체적인 구도를 잡는 것을 떠올리면 쉽게 이해할 수 있다.

개요의 종류

개요는 단계별로 핵심 단어만으로 구성하는 '화제 개요'와 단계별 중요한 내용을 문장 형식으로 정리하는 '문장 개요'가 있다.

화제 개요는 짧은 글이나 구조가 단순한 글을 쓸 때 유용한 방식인데 쉽게 말해 키워드 형식의 개요를 뜻한다. 문장 개요는 문단별 핵심 문장으로 개요를 작성하는 방식인데 완전한 문장 형식으로 정리하는 방식이라 화제 개요보다는 시간이 더 걸리지만 구체적이고 자세하게 드러난다는 장점이 있다.

이 두 가지 방식 중 본인이 편하고 접근하기 쉬운 쪽을 선호하여 개요를 작성하면 된다.

화제 개요와 문장 개요의 비교

화제 개요	4차 산업의 혁명
문장 개요	4차 산업 혁명을 맞이할 준비가 돼 있어야 한다.

화제 개요	복지 사회의 필요성
문장 개요	갈수록 복지 사회의 필요성이 대두되고 있다.

개요 작성 방법

개요를 작성할 때는 큰 주제부터 점차 세분화해하면서 작성해야 한다. 먼저 대주제를 정하고 난 뒤 대주제를 뒷받침하는 소주제를 순차적으로 작성해 나가도록 한다. 대주제는 하나의 주제를 논의 항목으로 둘 이상 나눈 것을 뜻한다. 책의 목차를 보면 큰 장을 4~5장으로 나눈 것을 쉽게 볼 수 있는데 여기의 큰 장을 대주제로 보면 이해가 빠르겠다. 주제가 '4차 산업의 혁명'이라면 대주제를 4차 산업 혁명의 '긍정적인 측면'과 '부정적인 측면'으로 나눌 수 있다.

이런 식으로 대주제를 정했다면 대주제별로 대주제를 뒷받침하는 소주제를 달아주도록 한다. 대주제가 '4차 산업 혁명의 긍정적인 측면'이라면 소주제는 4차 산업 혁명의 긍정적인 측면을 뒷받침 하는 '신속하고 정확한 정보 전달', '생활의 편리' 등을 소주제로 정할 수 있다. '4차 산업 혁명의 부정적인 측면'의 대주제에는 '생산과 소비의 불균형'. '대량의 실직화' 등을 소주제로 넣을 수 있을 것이다.

이렇게 분류된 대주제와 소주제를 서론-본론-결론의 틀에 대입하여 도식화를 하면 개요 작성이 끝난다. 도식화 작업이 끝난 개요는 이미 글이 거의 나온 것과 다름없다. 도식화 된 개요에 살만 붙여 글을 마무리 지으면 되니 말이다.

개요는 글을 좀 더 용이하게 시간을 단축하기 위해 작성하는 것이다. 글을 쓸 때 반드시 요하는 부분은 아니다. 허나 익숙해진다면 어떤 주제로 어떤 글을 쓰든 두려움 없이 접근할 수 있게 되니 가능한 개요를 먼저 쓰는 버릇을 들이도록 하자.

도식화 예)

1. 서론 - 문제제기

2. 본론 - 대주제 1 - 소주제 1)
- 소주제 2)
- 소주제 3)
- 소주제 4)
- 소주제 5)

- 대주제 2 - 소주제 1)
- 소주제 2)
- 소주제 3)
- 소주제 4)
- 소주제 5)

3. 결론 - 주제에 대한 자신의 견해 or 해결 방안 제시

화제 개요와 문장 개요 Sample

화제 개요 **4차 산업의 혁명**

1. 서론 - 4차 산업 혁명의 도래, 4차 산업에 혁명에 따른 긍정적인 측면과 부정적인 측면

2. 본론 - 긍정적인 측면 1) 신속하고 정확한 정보 전달
2) 생활의 편의
3) 안전한 생산
4) 생명 연장
5) 언어 장벽 없는 세계화

부정적인 측면 1) 대량의 실직화
2) 생산과 소비의 불균형
3) 메말라가는 인간성
4) 소득의 불균형
5) 인공지능의 리스크

3. 결론 - 도래하는 4차 산업 혁명에 대한 기대와 그에 따르는 우려에도 대비

문장 개요 **4차 산업 혁명을 맞이할 준비가 돼 있어야 한다.**

1. 서론 - 4차 산업 혁명의 시대가 도래했다. 4차 산업에 따른 긍정적인 기대도 있으나 이에 따른 우려되고 있는 부정적인 측면도 있다.

2. 본론 - 4차 산업 혁명의 긍정적인 측면은 다음과 같다.

   1) 신속하고 정확한 정보를 전달 받을 수 있다.
   2) 다양한 부분의 자동화로 생활이 더욱 편해진다.
   3) 생산의 자동화로 사람의 위험 부담이 줄어든다.
   4) 정확한 진단과 치료로 인간의 생명이 연장된다.
   5) 동시 통역이 가능해져 전 세계 어디든 언어가 자유로운 세계화가 진행된다.

   - 4차 산업 혁명의 부정적인 측면은 다음과 같다.

   1) 인공지능이 일을 대신하면서 대량의 실직이 발생하게 된다.
   2) 생산은 늘어나나 소득과 함께 소비가 줄어 공급과 수요의 불균형이 예상된다.
   3) 모든 부분에 기계화가 이루어져 인간성이 메말라갈 위험성이 있다.
   4) 소득의 불균형으로 빈부격차가 더 커질 것으로 예상된다.

5) 영화 터미네이터처럼 인공지능이 가지고 올 리스크도 부정할 수 없다.

3. 결론 - 도래하는 4차 산업 혁명으로 기대되는 우리 사회의 변화도 분명 있으나 그에 따르는 부정적인 측면도 외면해서는 안 된다. 유비무환이라는 말처럼 우려되는 측면의 대비책도 함께 마련되어야 한다.

4 서론 : 문제제기

서론-본론-결론의 형식에서 서론은 글의 첫인상이 된다. 첫인상이 좋아야 관계를 계속 이어가고 싶은 마음이 들 듯이, 글에도 서론이 읽기 좋아야 계속 읽고 싶어지며 다음 글도 열린 마음으로 읽게 된다. 앞으로 나올 이야기들에 관심을 유도하고 흥미를 유발시켜야 본론과 결론으로 순조롭게 넘어갈 수 있는 것이다. 특히 논술은 오랜 시간을 들여 꼼꼼히 읽는 글이 아니라 짧은 시간에 많은 답안들을 읽어 채점을 해야 하는 글이기 때문에 서론에서 채점자의 마음을 사로잡아야 한다. 또한, 같은 주제로 쓴 답안들이기 때문에 일반적인 내용으로 흘러가기 일쑤인데 여기서 자신만의 다른 접근 방법으로 서론을 풀어나간다면 채점자들의 눈길을 끌 수 있다.

서론 접근 방식

1 … 핫이슈를 언급하기

'4차 산업 혁명', '세계 시민 교육' 등 최근 사회적으로 대두되고 있거나, 주목받고 있는 분야에 대한 이야기로 시작하는 것도 좋은 방법이다. 최근 일어난 사건과 핫한 키워드를 가지고 이야기를 풀어나가면 쉽게 공감대를 불러일으킬 수 있으며, 사회적 현상과 시대의 흐름을 잘 파악하고 있다는 인상을 주기 때문에 긍정적인 효과를 낳을 수 있다.

2 … 자신의 경험으로 시작하기

주제에 연관된 자신의 경험을 이야기하면서 글을 시작한다면 보는 이로 하여금 재밌게 접근할 수 있다. 실화는 실화만이 가지는 힘이 있다. 신뢰성이 있으며, 공감대를 형성해 준다. 허나 자신의 경험을 이야기할 때는 절대 비약하여 꾸며진 이야기로 느껴지게 해서는 안 된다. 또한, 주제와 그리 상관없는 경험을 애써 넣으려고 해서도 안 된다. 자신의 경험은 주제와 적절할 때 비로소 제 역할을 톡톡히 해내는 것이다.

3 … 격언, 속담을 이용하기

주제에 어울리는 격언과 속담은 글에 윤활유 같은 역할을 한다. 특히 글의 중간에 들어가는 격언과 속담은 문단과 문단 사이의 어색한 흐름을 이어줌으로써 글을 쓸 때 편하게 만들어 준다. 허나, 이러한 방법도 주제와 적합한 격언과 속담을 사용해야 함을 기억해야 한다. 뜻을 제대로 이해하지 못하고 주제와 어울리지 않은 격언과 속담을 사용한다면 오히려 보고 싶지 않은 글이 되어버릴 테니 말이다.

4 … 주제를 풀어내며 시작하기

주어진 주제를 풀어나가면서 시작하는 것도 글을 시작하는 좋은 노하우다. 주어진 주제와 주제문의 단어의 개념부터 풀어나가면서 글을 접근하면 수월하게 시작할 수 있다. 특히 논의할 대상이나 주제가 애매모호 할 때 이러한 서론은 훌륭한 접근법이 될 수 있다. 단어의 의미가 애매모호해 벌어질 수 있는 오해와 논쟁의 거리를 차단해줌으로써 자신의 주장과 견해에 더 큰 설득력을 줄 수 있게 된다. 개념에 대한 의미를 한정시키고 그에 따른 문제에 대한 논의로 넘어간다면 글에 범위도 확연히 축소되어 접근하기 편해지는 것이다.

예를 들어, '4차 산업 혁명'이란 주제를 풀어내며 시작한다면 1차, 2차 ,3차 산업 혁명에 대한 설명부터 해가며 이번에 맞이하는 4차 산업 혁명의 개념을 다시 한 번 정리해주면 된다. 친절은 어디의 누구에게든 먹히는 법이다. 이미 알고 있는 내용이라 하더라도 이러한 친절한 글은 보는 이로 하여금 편하게 만들어 준다.

5 … 질문 던지기

주제에 대한 생각을 역으로 질문하며 글을 시작해도 좋다.

이러한 질문은 읽는 이로 하여금 스스로 생각하게 만들며, 결론을 통해 읽는 이와 글쓴이의 생각 차이를 확인하고 싶게 만드는 역할을 한다. 질문은 글을 풀어낼 때도 좋지만 글 중간 중간에 질문 형식은 문말 표현으로 넣어줘도 글의 맛이 더 살아난다. 허나 너무 자주 등장하면 답을 제시하는 것이 아닌, 답을 얻으려는 글로 비춰질 수 있으니 유의하도록 하자.

☑ 서론 유의 사항

1 … 흔한 레퍼토리는 그만!

누구나 예상하는 이야기는 재미없다. 보고 싶어 하지 않는다. 사람은 누구나 새로운 것이 끌리기 마련. 상투적인 표현이나 기계적인 접근 방식이 안전한 점수를 받을 수 있다는 생각에 모범답안을 외우듯이 써내려가는 경우가 있는데, 이는 큰 착각이다. 글은 그 사람만의 성격, 성향, 버릇, 습관 등 모든 개성이 담겨져 있다. 상투적으로 외운 듯이 써내려간 모범답안을 보며 채점자들은 이러한 부분을 못 느낄 것 같은가? 글의 맛은 지문처럼 그 사람의 나이, 성별, 환경에 따른 그 사람만의 시그니쳐에 매료된다. 채점자들은 답안을 통해 그 사람만의 시그니쳐를 발견하고 싶은 것이다. 그런 그들이

외운 듯한 답안을 좋게 평가할 리가 없지 않은가.

2 … 과장은 금물!

'자소서'를 써 오랬더니 '자소설'을 써왔다는 말을 들어본 적 있을 것이다. '자소설'은 자소서를 너무 과장시켜 소설화해왔다는 뜻이다. 이 말은 과연 좋은 의미로 쓰이고 있을까? 그렇지 않다는 것쯤은 누구나 잘 알고 있다. 자소서를 자소설로 비하하는 건 그만큼 과장한 글이 보기 좋지 않기 때문이다. 특히 자신의 경험을 토대로 서론을 서술할 때는 담백하게 담도록 해야 한다. 과장되고 포장된 이야기를 긍정적으로 볼 채점자는 없다.

3 … 서론은 서론까지만!

서론은 딱 문제제기, 흥미 유발! 여기까지다. 서론에서 본론에 나와야 할 내용까지 언급하거나 결론의 견해까지 나와버리면 글은 서론에서 끝나버린 것이다. 서론에서 언급한 내용이 본론에서 다시 나오면 내용의 중복이 되어 버리고, 서론에서 결론의 견해까지 언급해버리면 더 이상 글을 읽어야 할 명분을 놓치게 되는 것이다. 서론은 서론으로 끝날 때 아름답다는 것을 잊지 말자!

서론은 글의 시작과 동시의 글 전체의 첫인상을 결정짓는다. 결코 많은 분량을 차지하는 부분은 아니지만, 글의 첫 단추인 만큼 신중하되 신선하게 글을 시작해보도록 하자.

5 본론 : 풍부한 근거 제시

본론은 글에서 가장 많은 분량을 차지하는 부분으로 글 전체의 분위기를 결정짓는 부분이다. 서론 다음에 나오는 부분임으로 서론과 반드시 연관성을 있어야 하며, 서론에서 언급하지 않은 새로운 문제를 제기해서는 안 된다. 서론에서 제기한 문제에 대한 충분한 근거로써 본론이 제 역할을 해주어야 결론에서 나올 주장도 설득력을 가질 수 있다.

본론의 기본적인 역할은 충분하고 풍부한 객관적인 근거를 제시하는데 있다. 이때의 객관적인 근거는 결코 주제를 벗어나지 않은 근거여야 한다. 객관적인 근거는 글 전체 제한 분량을 고려하여 최소 2개에서 4개 이하로 들어야 한다.

또한, 새로운 근거를 제시할 때마다 반드시 문단을 나눠 서술해야 한다. 언제 문단을 나눠야 하는지를 어려워하는 사람들이 많은데, 문단을 나누는 요건은 통일성, 일관성, 완결성으로 크게 이 3가지를 기준으로 나눈다. 주장하는 바가 달라지거나 이야기하는 주제가 달라질 때 나눠주는 통일성, 문장과 문장의 연결 관계를 따지는 일관성, 소주제문에 대한 뒷받침 문장의 완결성까지! 쉽게 이해하자면 본론에 들어가는 소주제와 소주제를 뒷받침하는 문장까지가 하나의 문단으로 여기면 된다.

이런 식으로 하나의 근거를 들고 또 다른 근거를 들 때는 반드시 문단을 나눠 쓴다. 그래야 새로운 근거임이 명확히 드러난다. 몇 가지의 근거를 들었다하더라도 문단을 나누지 않는다면 충분한 근거가 서술되어 있다고 보여 지지 않으니 주의하도록 하자.

본론을 쓰는 방식은 추론하는 방식과 전개하는 방식으로 나눌 수 있다.

추론하는 방식

1 … 연역적 전개

연역법이란, 이미 알고 있는 일반적 진술에서 새롭고 필연적인 구체적 사실을 이끌어내는 것을 말한다. 말하고자 하는 핵심 내용이 대체로 뒤에 나오며 대표적 연역적 전개로 삼단논법이 있다. 주장하는 바에 대한 타당한 근거를 제시해 나가는 방식으로 흔히 쓰는 전개 방식 중 하나다.

예) 사람은 죽는다. 동물도 죽는다. 고로 사람은 동물이다.

2 … 귀납적 전개

귀납법이란, 특수하거나 개별적이고 구체적인 사실에서 출발하여 일반적 진술로 이어가는 방식이다. 각각의 특수한 사실들을 관찰, 비교하여 일반화된 법칙을 이끌어내는데 말하고자 하는 핵심 내용은 대체로 뒤쪽에 둔다. 쉽게 말하면 사례를 들어 이해시키는 방식이라 생각하면 되겠다.

예) 나는 이 영화가 재밌다. 건우는 이 영화가 재미없다.
사람은 저마다 좋아하는 영화의 취향이 다르다.

3 … 변증법적 전개

변증법이란, 모순, 대립을 통해 사물의 운동을 설명하려는 방식이다. 정(正), 반(反), 합(合)의 삼 단계를 거쳐 전개된다. 다시 말해 한 가지 사물을 대립된 두 가지 균형의 통일로 파악하는 방식으로 상반된 두 의견에 어느 한 쪽이 옳다고 할 수 없을 때, 모든 의견을 반영한 종합적 결론을 내는 것을 말한다. 절충안으로 받아들여도 괜찮지만, 종합적인 의견이 아닌, 모든 의견을 부정하는 제3의 견해를 제시할 때도 있다는 걸 기억해야 한다.

예) 교육 개혁은 반드시 이루어져야 한다. 허나 너무 잦은 교육 개혁은 학생들에게 혼란을 야기할 뿐이다.
교육 개혁은 반드시 이루어져야 하지만, 학생들에게 혼란을 야기하지 않는 선에서 이루어져야 한다.

전개하는 방식

1 … 원인과 결과 밝히기

논의의 대상의 현상이나 문제점의 원인을 다양한 관점으로 들여다보는 방식이다. 백신을 만들기 위해서는 바이러스의 채집이 필요한 것처럼, 문제점에 대한 해결책을 찾기 위해서는 문제의 원인부터 제대로 들여다보는 것이 필요하다. 또한, 원인에 대한 결과를 밝힘으로써 상황에 대한 분석을 해준다면 강한 설득력을 가질 수 있다.

2 … 비교, 대조하기

비교는 둘 이상의 대상이 지니는 공통점이나 유사점을 제시하는 것이고, 대조는 둘 이상이 지니는 차이점을 드러내는 것이다. 자신의 주장과 유사한 주장을 비교하거나, 상반

된 주장을 대조하여 자신의 견해에 설득력을 불어넣는 방식이다. 비교와 대조는 두 대상이 같은 부류여야 하며, 한 쪽으로 기울지 않아야 한다.

3 … 분류, 구분하기

어떠한 기준으로 대상이나 생각을 한 그룹으로 묶는 것이다. 추상적인 성질에 따라 같은 속성끼리 묶는 것, 즉 작은 것을 크게 묶는 것을 분류라고 하고, 일정한 기준에 따라 부분 집합으로 나누는 것, 즉 큰 것은 작은 것으로 나누는 것을 구분이라 한다. 글에 목적에 맞게 분류, 구분하면 글을 읽을 때 명확하여 보기 편하다.

이러한 방식들을 참고하여 본론 전체에 일관성만 띨 수 있다면 더할 나위 없이 좋은 본론이 된다. 서론의 바턴을 이어받아 본론에서 주제를 벗어나지 않고 다양한 방식으로 서술한다면 결론에서 드러낼 자신의 견해는 이미 충분한 설득력을 가지고 있게 되는 것이다.

⑥ 결론 : 명확한 해답 제시

화령정점, 글의 마지막 승부처인 결론이다. 서론과 본론의 기가 막힌 어시스트가 있었다 하더라도 결론의 결정력이 부족하다면 점수는 나지 않는다. 결론은 의외로 간단하다. 본론에서 충분히 올려놓은 설득력을 주워 먹기만 하면 된다. 본론에서 충분히 제시한 근거를 바탕으로 자신의 주장과 견해를 서술하기만 하면 되는 것이다. 그렇기에 결론을 쓰기 전에는 반드시 본론을 다시 한 번 읽어보고 써야 한다. 본론에서 제시한 근거와의 연결성과 통일성을 놓쳐서는 안 되기 때문이다. 사람의 기억력을 믿지 말고, 자신이 쓴 글이라 할지라도 다시 읽어보고 결론을 쓰도록 하자. 서론에서부터 본론을 거쳐 결론에 오기까지 어떠한 막힘과 어색함이 없는 한 편의 글이 될 수 있도록 말이다.

결론에서 반드시 드러나야 할 부분은 2가지, 정리와 주장이다.

1 … 정리

결론에서는 앞서 이야기한 서론과 본론의 정리가 필요하다. 다시 한 번 이 글의 주제를 언급하고 이 주제를 자신이 어떤 식으로 접근, 해석해왔는지는 한 눈에 파악될 수 있도록 일목요연하게 정리해주어야 한다. 앞의 내용을 상기하면서 지금 서술할 자신의 주장이 더 잘 먹힐 수 있도록 말이다.

2 … 주장

쓴 글의 모든 것은 이 주장 때문이다. 자신이 내세울 주장, 혹은 견해를 위해 서론에서 문제를 제기하였으며, 본론에서 주장의 근거를 제시한 것이다. 명백하고 두드러진 주장이 글의 완성도를 올리는 화룡점정이 된다. 주장을 펼칠 때는 간단명료하면서도 강한 인상을 주는 하나의 문장과 그 주장이 주는 사회적, 현실적, 실질적 의미와 효과를 함께 서술해 주어야 한다.

이 2가지가 명확히 드러난 결론이라면 충분히 좋은 결과를 기대해도 좋다. 허나 결론이 제대로 나오지 않는다면 서론, 본론의 존속 자체가 무의미해져 버리므로 결론을 서술할 때는 유의해야할 사항이 몇 가지 있다.

결론 작성 시 유의 사항

1 … 피동적 표현은 금물!

결론에는 힘이 필요하다. 자신감 있는 주장의 문장에 피동적인 표현은 삼가야 한다. '~하는 것 같다.', '~인 듯하다.' 식의 피동적 표현보다는 '~한다.', '~이다.' 식의 능동적 표현을 서술해야 한다.

또한, 의문문 형태의 문장도 지양하는 것이 좋은데, '~하는 것이 어떨까?', '~좋지 않을까?' 등의 의문문 형태는 생각하게 하는 논제거리를 주기 보다는 자신감 없는 피동적 표현으로밖에 보이지 않는다.

2 … 급하게 끝내지 마라!

서론과 본론을 충분히 잘 써놓고 결론을 급하고 한, 두 줄로 끝내버리는 경우가 많다. 결론에서 충분한 정리와 주장이 나오지 않으면 독자는 갑작스럽게 글이 끝나버린 느낌을 받는다. 뭔가 더 나와야 할 것 같은데 끝나버린 것이다. 이런 결론은 독자로 하여금 찝찝함을 남긴다. 아무리 좋은 서론과 본론이 있었고, 핵심 주장이 잘 드러났다 하더라도 찝찝함이 남은 글을 결코 좋은 평가를 받지 못한다.

3 … 작위적인 결론은 의미 없다

서론과 본론의 연결성을 띤 결론이어야만 설득력을 가진다. 본론의 충분한 근거를 토대로 한 결론만이 필연적 주장을 가진다. 작위적인 결론은 생뚱맞은 등장일 뿐이다.

4 … 정리와 중복 사이!

결론에는 정리와 주장이 들어가야 한다. 허나 결론의 정리가 서론과 본론을 반복하는 중복이어서는 안 된다. 결론에서의 정리는 서론과 본론의 핵심을 한 눈에 보이는 정리 문장이어야 한다. 서론과 본론의 붙여넣기식의 문장이 되어서는 안 된다는 것이다. 정리의 핵심은 간략이다.

5 … 논술은 평가받는 글이다

논술은 출제자에게 평가 받는 글이란 걸 잊어서는 안 된다. 논술의 주제에 대한 비난과 훈계조 형식의 결론은 좋은 평가를 받을 리 만무하다. 자신을 비난하고 혼내는 글에 좋은 점수를 주는 이가 누가 있겠는가.

6 … 전체를 아우르는 결론

결론은 글 전체를 아우를 수 있어야 한다. 본론에서 제기한 내용의 부분만 가지고 이야기해서도 안 되고, 필요한 부분만 정리해서도 안 된다. 본론에서 나온 모든 내용은 결론에 영향을 끼쳐야 한다. 그렇지 않고서는 서술될 이유가 없는 것이다. 서론, 본론에 등장한 모든 내용은 반드시 그 이유가 있어야 한다.

결론은 글의 완성도를 결정 짓는다. 고지가 눈앞에 보인다고 성급하게 굴지 말고, 끝까지 침착하게 마무리 짓도록 하자. 야구선수 요기 베라의 '끝날 때까지 끝난 것이 아니다'는 말처럼.

7 마지막 다듬기

〈노인과 바다〉의 저자 어니스트 헤밍웨이(Ernest Hemingway)는 글쓰기에 대해 이런 말을 한 적이 있다.

> "모든 초고는 쓰레기다.
> 글을 쓰는 데에는 죽치고 앉아서 쓰는 수밖에 없다.
> 나는 〈무기여 잘 있거라〉를
> 마지막 페이지까지 39번이나 수정했다."

글을 한 번에 완벽하게 쓰는 사람은 없다. 글 자체가 완벽이란 게 존재하지 않기 때문이다. 글쓰기에 전문가라 하더라도 초고와 퇴고 과정은 반드시 거친다. 처음 쓰는 글을 초고, 다 쓴 글을 다듬는 과정을 퇴고라고 하는데, 글은 써내려가는 과정만큼 고치는 과정도 중요하다.

일반적인 글은 퇴고에 시간적 기한을 두지 않고 천천히 꼼꼼하게 진행한다. 허나, 논술은 시간적 제한이 있는 만큼 요령껏 신속하게 퇴고를 해야 한다. 앞서 거론한 개요 작성의 필요성도 여기서 적용된다. 개요를 작성하여 글을 쓰면 글 전체 흐름은 크게 고치지 않아도 되기에 퇴고에 수월하다. 퇴고에 있어 가장 중요한 것이 글을 읽어 내려가는 흐름이기 때문에 개요를 작성하여 글을 쓰면 퇴고의 큰 숙제를 미리 푼 것이나 다름없다.

흐름에 크게 고칠 것이 없다면 읽어 내려가면서 문맥에 어울리지 않는 단어나 오타를 수정해 나간다. 흐름 상 이해가 되는 단어라 할지라도 적절한 단어와 적합한 단어 사용은 큰 차이가 있으며, 오타는 마이너스 요소가 되기 때문에 잘 찾아내야 한다. 또한, 쓸데없이 긴 문장이나 불필요한 문장은 삭제해 글이 깔끔해지도록 정리한다.

글을 다듬을 때는 1차적으로 전체에서 부분으로 수정해나간다. 글 전체를 수정하는 방식은 글 전체의 흐름이 자신이 주장하는 바가 타당하게 제시되었는지, 글의 짜임새는 잘 이루어져 있는지, 논리적이고 효과적으로 서술되었는지를 보는 것이다. 또한, 문단과 문단은 어색함 없이 잘 넘어가고 있는지, 술술 읽혀지는 지를 봐야 한다.

이런 식으로 글 전체의 흐름을 수정했다면 이제 부분을 수정해나가야 한다. 부분 수정은 글 전체에서 더 세밀한 사항을 수정하는 것인데, 문단의 구분 오류나 문장의 어색한 부분을 수정해야 한다. 중복 단어와 중복 표현 문장의 수정을 함으로써 문장과 문단이 더 깔끔해지도록 하는 것이다. 더 세밀하게는 문장부호는 제대로 쓰고 있는지, 주어와 목적어

등이 제대로 들어갔으며 그에 따른 서술어는 적절한가를 체크해야 한다.

1차 수정 작업이 끝났다면 이제는 다른 관점으로 2차 수정을 한다. 2차 퇴고 작업은 퇴고의 3단계라고 할 수 있는 첨가와 삭제, 그리고 재구성이다.

퇴고의 3단계

1단계 … 첨가

다 쓴 글을 다시 읽다보면 처음 구성했을 때 넣으려고 했지만 빠진 부분이 보이기 마련이다. 혹은 주장하는 바에 뒷받침이 조금 부족해 보이는 경우도 종종 보인다. 이럴 때는 퇴고할 때 보충해주면서 글의 완성도를 올려야 한다.

2단계 … 삭제

글을 쓸 때는 몰랐지만 퇴고를 하다보면 불필요한 말이 많이 눈에 띈다. 혹은 중복적인 표현이나 단어가 보이기도 한다. 퇴고할 때 불필요한 말과 중복적인 표현을 삭제함으로써 글을 더 깔끔하게 만들어주어야 한다.

3단계 … 재구성

퇴고를 하다보면 문장의 순서를 바꿔주는 것만으로 글의 흐름이 더 좋아지는 경우가 많다. 이럴 때는 퇴고를 하면서 문장, 혹은 단어를 재구성해주어 글의 전달력을 더 높여주어야 한다.

시간적 제한이 있어 꼼꼼하게 1차, 2차 퇴고를 나눠서 하는 건 현실상 불가능할 수도 있다. 허나 평소 이러한 퇴고 연습이 되어 있으면 실전에서 한 번에 1, 2차 퇴고 작업을 동시에 할 수 있게 된다.

퇴고는 초고만큼 아니, 초고보다 더 중요하다고도 할 수 있다. 평소 어떤 글을 보든 나라면 이 글을 어떻게 수정할 것인지를 생각하는 습관이 들 만큼 퇴고의 일상화가 되기를 권하는 바이다.

3장 | 논술 5대 작성 요령

1 쉽고 간결하게!

다양한 글을 첨삭하다보면 술술 읽어 내려가기 힘든 글이 있다. 이런 글을 쓰는 직업군은 대부분 교수님들이다. 자신이 아는 것을 다 담고 싶은 마음에 굳이 필요하지 않은 전문용어나 외래어를 선택하거나, 단문으로 끝내도 될 문장을 굳이 장문으로 이어간다. 허나 이러한 글은 독자가 글을 쉬이 읽고 이해하는 걸 방해할 뿐이다.

글은 최대한 쉽고 간결하게 쓰는 것이 최고다. 하지만 쉽게 쓰고 쉽게 읽히는 글을 쓰는 것이 가장 어려운 일이다. 드라마 미생에서 신입사원에서 글의 불필요한 부분을 정리하여 줄여보라는 선배의 숙제처럼 글은 항상 그런 식으로 접근해야 한다. 아무리 잘 쓴 문장이라 하더라도 문장이 길어지면 전달력이 떨어지고, 이해력도 함께 떨어지기 때문에 쉽고 간결한 문장으로 문단을 구성해야 한다.

"축구를 하는 건 쉽다.

하지만 쉽게 축구하는 것은 가장 어렵다."

- 네덜란드 축구의 전설 '요한 크레이프' -

글을 쉽게 쓴다는 건 단순히 쉬운 단어로 짧게 문장을 구성하면 되는 일이 아니다. 너무 단 문장으로만 구성된다면 글의 흐름이 단조로워지고 딱딱한 느낌을 주게 됨으로 문장의 길이에는 변화가 필요하다. 우리가 말을 할 때도 단답형으로만 대답을 하게 되면 대화할 의지가 없어 보이고, 길게만 대답하면 대화를 하는 사람도 지치게 되는 것처럼 글도 적당한 변화를 주어야 그 맛이 더해지는 것이다.

한 문장이 몇 자로 구성되어야 적당한 문장이라고 단정 지을 수는 없지만, 일반적으로 한 문장은 짧게는 25 ~ 35자로 구성하고, 길어도 70 ~ 80자는 넘지 않도록 하는 것이 좋다. 허나 문장에 들어간 글자 수보다 글 전체에서 불필요한 수식어를 절제하고 빼는 것에 더 집중해야 한다. 그것만으로도 문장은 깔끔해지고 세련되어지니 말이다.

글을 쉽게 쓴다는 건 좀 더 다양한 의미가 담겨 있다. 글을 쉽게 쓰기 위한 요소들을 보기 편하게 정리해서 보도록 하자.

글을 쉽게 쓰는 방법

1 … 쉬운 주제로 글을 써라

글을 쓰려고 하는 사람이 자신도 잘 모르는 주제를 가지고 글을 쓰려고 한다면 과연 쉽게 쓸 수 있을까? 글을 쉽게 쓰려면 자신이 잘 아는 주제로 글을 써야 한다. 자신이 가장 많은 시간을 투자하고 보내고 있는 것을 주제로 글을 써야 한다. 자신이 가장 잘 아는 것들 글로 잘 풀어낼 수 있어야 다른 다양한 주제로도 쉽게 쓸 수 있다.

자신이 잘 아는 주제로 글을 쓰면 쉽게 쓸 수 있는 또 다른 이유는 그게 맞는 다양한 사례도 쉽게 찾을 수 있기 때문이다. 자신이 많은 시간 보내는 것을 주제로 삼기 때문에 일상에서 가지고 올 수 있는 다양한 경험이 사례가 되고 소재가 되기 때문에 쓸 것들이 많다.

대화를 할 때만 봐도 내가 잘 모르는 분야에 대해서 얘기를 나누면 말할 것이 없어 조용히 있는 경우가 많다. 하지만 내가 잘 알고 좋아하는 분야에 대해서 얘기를 나누기 시작하면 흥분해서 말이 많아지는 것을 쉽게 볼 수 있다. 글도 마찬가지다. 내가 잘 아는 분야를 써야 쉽게 잘 쓸 수 있다. 어떤 주제를 접근하든 내가 잘 아는 상황을 가지고 표현하도록 하자.

2 … 쉬운 단어로 글을 써라

쉽게 글을 쓰려면 쉽고 평이한 단어들로 글을 써야 한다. 종종 더 좋은 글, 더 나은 글을 위해 각종 미사어구를 사용하는 경우가 있는데 이는 오히려 글을 어렵게 쓰는 길을 가고 있는 것이다. 내가 쉽게 이해가고 쉽게 쓸 수 있는 단어들로 글을 써야 글은 쉽게 써지고 쉽게 읽힌다. 내가 굳이 모르는 단어, 혹은 나만 잘 아는 단어들로 글을 쓰게 되면 전달력은 물론 제대로 읽혀지지도 않는다.

글을 쓸 때는 항상 이 글이 '3살짜리 아이부터 90세 노모까지 이해할 수 있는 글'이 되도록 쉽게 써야 한다. 좋은 글이란 화려한 문체, 어려운 단어들로 채워진 글이 아니다. 쭉쭉 읽히고 쉽게 이해가는 글이 좋은 글이다. 그리고 그렇게 쭉쭉 읽히고 쉽게 이해가는 글을 쓰려면 쉬운 단어들로 쉽게 써야 한다.

3 … 길게 쓰지 않는다

글을 쉽게 쓰려면 글을 간결하게 쓰면 된다. 글을 쓸 때 괜히 문장을 길게 끌고 가는 사람들이 있는데 이것은 좋지 않는 습관이다. 글은 간결할수록 좋다. 한 문장에 하나의 생각만을 담는 것이 글의 전달력에는 훨씬 효과적이다. 한 문장에 너무 많은 표현과 이야기를 담으려 하다보면 문장이 꼬여

복잡하고 어려워진다. 항상 글을 쓸 때는 한 문장에 하나의 생각을 담는다는 것을 유념한다.

4 … 문단을 잘 나눈다

앞서 한 문장에 하나의 생각을 넣으라고 했다면 한 문단에는 하나의 주제만을 넣는 것을 유념한다. 글을 쓸 때 전체적인 구도를 잘 나누려면 문단을 잘 나누면 된다. 문단은 크게 서론 - 본론 - 결론, 혹은 기 - 승 - 전 - 결 이렇게 먼저 나누고, 세부적인 문단은 쓰면서 나누면 된다.

문단을 나누는 기준은 문단이 담고 있는 주제가 달라질 때 문단을 나누는데 문단이 필요이상 길어진다면 쓸데없는 부가적인 요소들을 담고 있다는 것이고, 문단이 너무 짧다면 문단이 담고 있는 주제에 충분한 근거가 담기지 않았다는 것을 의미한다.

문단을 잘 나누는 것만으로도 글의 전체적인 구도는 무너지지 않는다. 단, 각 문단이 갖고 있는 주제가 중복되진 않았는지, 하나의 문단에서 2개 이상의 주제가 담기진 않았는지를 잘 살펴보아야 한다. 잘 나눈 한 문단이 열 문장을 살리기도 하니 말이다.

5 … 정확한 단어 사용

글을 쓸 때 단어의 빠질 수 없는 요소다. 단어 없는 문장이란 된장 빠진 된장국이니 말이다.

단어를 선택할 때는 적절한 단어를 사용하는 것이 아니라 정확한 단어를 사용해야 한다. 적절한 단어와 정확한 단어는 다르다. 글을 쓸 때 적절한 단어도 사용할 수는 있다. 하지만 적절한 단어를 쓸 때와 정확한 단어를 쓸 때의 그 전달력의 차이는 하늘과 땅의 차이다.

단어에는 저마다의 단어가 갖고 있는 고유의 뜻이 있다. 비슷한 단어와 대체 단어들이 있지만, 그 단어만이 가지고 있는 색깔이 있기 때문에 글을 쓰는 이는 최대한 자신의 주제에, 글에 정확한 단어를 선별해낼 수 있어야 한다.

단어를 선택할 때는 중, 고등학생들이 기준에서 선별하여 누구나 이해할 수 있는 단어들이 좋으며, 의도한 외래어가 아니라면 외래어나 은어는 피하도록 한다. 단어는 전문적인 것보다 일반적이고 대중적인 것들이 좋으며, 단어는 가능한 한 문장에서 2회 이상 중복적으로 쓰지 않도록 한다.

정확하고 적합한 단어를 선별하여 사용하는 것만으로도 글은 쉽게 쓰고, 쉽게 읽힐 수 있다. 책을 많이 읽는 사람이 글도 잘 쓰는 경우가 많은 이유도 여기에 있는데 책을 많이 읽은 덕분에 자연스럽게 습득하게 된 풍부한 단어량이 글을 쉽게 쓰게 하고, 정확하고 적합한 단어를 선별하여 쓰는 것에도 도움이 때문이다.

쉽게 쓴 글이 쉽게 읽힌다. 어렵게 쓴 글일수록 읽기 어렵다. 쉽게 쓰는 게 가장 어렵다고 말할 수도 있다. 하지만 글은 어렵게 쓰려고 하는 게 더 어렵다. 모르는 단어를 찾아야 하고, 화려한 문체도 연습되어야 한다. 그저 우리가 말하듯이 쉽게 쓰는 것이 오히려 더 쉽다.

글은 누구나 쓸 수 있다. 그리고 쉽게 쓰는 일도 누구나 할 수 있다. 단지 그 방법을 모르고, 모르니까 두렵기 때문에 어렵게 보고 어렵게만 쓰려 하는 것이다.

편하게 그리고 가벼운 마음으로 글을 쓰자. 어려운 글은 전문가에게 맡기면 된다. 나는 내가 할 수 있는 이야기를, 쓸 수 있는 글을 쓰면 될 뿐이다. 글쓰기는 거기에서부터 시작된다.

2 중복을 피해라!

누군가와 대화를 할 때, 했던 얘기를 하고 또 하는 것만큼 지겹고 괴로운 것도 없다. 글도 마찬가지인데 글에 중복이 얼마나 좋지 않은 지는 주변의 누군가에게 몇 분 간격으로 했던 얘기를 반복적으로 했을 때 상대방 반응을 살펴본다면 금세 알 수 있다. 물론 글쓴이의 의도에 따라 강조를 위한 중복이 있을 수도 있지만, 의도치 않은 중복, 특히 단어의 중복은 글의 가장 큰 군더더기가 되니 반드시 주의해야 한다. 특히 단어는 한자어와 우리말의 경계선이 애매모호하기 때문에 중복적 표현으로 쓰이는 경우가 많다.

중복은 읽기 지루하고 번거로워 문장의 전달력과 세련됨이 떨어지게 된다. 중복은 다양한 표현력이 부족해서라기보다 글의 대한 집중력과 신중함이 부족해서 발생하는 경우가 대부분이다. 이는 반대로 생각해본다면 조금만 신경 쓴다면 누구나 피할 수 있는 부분이라는 것이다. 중복적인 표현을 다른 말로 바꿔 준다거나 빼주기만 해도 글은 세련되고 깔끔해지니 이러한 부분에 조금만 더 관심을 가지고 집중하여 한 문장 안에서 중복적인 표현이 생기지 않도록 조심하자.

글을 쓸 때 주로 발생하는 중복적인 표현에 대해 정리하여 이야기 해보도록 하자.

1 … 단어 중복

앞서 언급한대로 단어는 한자어와 우리말의 경계선이 애매모호해 정확한 뜻을 이해하지 못하고 쓰는 경우가 많다. "역 전 앞에서 보도록 하자."는 말처럼 역의 앞을 뜻하는 '역 전'을 제대로 이해하지 못하고 다시 '앞'을 거론하는 경우가 많다는 것이다. 그저 깔끔하게 "역 전에서 보도록 하자."로 표현하거나, "역 앞에서 보도록 하자."로 표현하면 된다.

혹은 "어떤 경우에는 ~한 경우가 있고, ~한 경우도 있다."는 식으로 중복 표현하는데, 이러한 경우에는 뒷 문장에는 다른 단어로 대체하여 표현해주도록 한다. "어떤 경우에는 ~한 예가 있고, 이럴 때는 ~도 한다."는 식으로 말이다.

문장의 흐름 상 반드시 들어가야 되는 단어가 아니라면 빼주는 것이 좋으며, 의미 상 크게 차이가 나지 않는 단어 역시 삭제해주도록 한다. 의도하지 않더라도 무심코 쓰게 되는 중복적인 표현이 많음으로 글을 쓰고 난 뒤에는 반드시 다시 수정을 거치면서 중복적인 표현을 정리하도록 해야 한다.

예) 가장 큰 문제는 문제를 문제로 여기지 않는다는 점이다.

➡ 가장 큰 문제는 풀어야할 과제로 여기지 않는다는 점이다.

예) 이러한 증후군을 스톡홀름 증후군이라고 한다.

➡ 이러한 현상을 스톡홀름 증후군이라고 한다.

예) 이 문제의 해결법으로는 '웃어버리자'라는 해결법이 있다.

➡ 이 문제의 해결법으로는 '웃어버리자'가 있다.

2 … 구절 중복

구절 중복은 구(句), 또는 절(節)의 중복을 말한다. 구절 중복은 대부분 표현력이 부족하여 나오는 경우가 많다. 다양하게 표현하지 못해 무의식적으로 같은 표현을 반복하게 되면서 문장이 단조로워지는 것이다. 단어 중복과 마찬가지로 이러한 부분도 조금만 신경 쓴다면 피할 수 있는 부분이니 수정할 때 깔끔하게 정리해주도록 하자.

예) 너를 막을 수밖에 없었던 나는 이럴 수밖에 없어.

➡ 너를 막아야만 하는 나는 이럴 수밖에 없어.

예) 국가는 국민을 지켜야만 하기에 전쟁을 막아야만 한다.

➡ 국가는 국민을 지켜야 함으로 전쟁을 막아야만 한다.

예) 학생으로서 하지 말아야할 행동을 막기 위해 교사로서 최선을 다했다.

➡ 학생으로서 하지 말아야 할 행동을 막기 위해 교사의 신분으로 최선을 다했다.

3 … 의미 중복

같은 단어나 구절이 아니기 때문에 중복이 아니라고 여기기 일쑤지만 의미가 동일한 단어나 문장이면 이 역시 중복적인 표현이다. 의미를 강조하거나 부연하려는 의도로 중복적인 의미의 표현을 하는 경우도 있지만, 이는 알게 모르게 글을 읽는 사람에게 거북한 느낌을 주게 된다. 특히 감정적인 부분에서 중복적인 표현으로 강조를 주게 되면 독자 입장에서는 감정을 강요당하는 느낌이 들어 읽기 싫어지게 되니 각별히 주의하도록 하자.

예) 그 사고는 미리 예견된 사고였다.

➡ 그 사고는 예견되었다.

예) 드디어 회사에 입사하였다.

➡ 드디어 입사하였다.

예) 당신과 남은 여생을 함께 보내고 싶소.

➡ 당신과 여생을 함께 보내고 싶소.

예) 나는 스스로 자괴감에 빠지기 시작했다.

➡ 나는 자괴감에 빠지기 시작했다.

예) 우리는 내면 속으로 들어가야 한다.

➡ 우리는 내면으로 들어가야 한다.

예) 우리는 내면 속으로 들어가야 한다.

➡ 우리는 내면으로 들어가야 한다.

예) 옥상 위에서 만나자!

➡ 옥상에서 만나자!

예) 성공을 위해 죽기 살기로 결사적으로 살았다.

➡ 성공을 위해 죽기 살기로 살았다.

중복적인 표현을 삼가는 것만으로 글은 훨씬 깔끔해지고 세련되어 진다. 중복을 피하는 것은 어려운 스킬을 요하는 것이 아니다. 그저 글을 쓸 때 좀 더 신중하고 섬세하게 다가가면 된다. 논술 자체가 어떤 주제를 바라보는 자신의 생각을 글로 표현하는 것이기 때문에 그 생각을 얼마나 깔끔하고 뚜렷하게 표현했느냐가 평가의 기준이 된다. 그렇기에 논술은 무엇보다 명확해야 하고 깔끔해야 한다.

3 단어와 띄어쓰기

글을 쓸 때 상황에 맞는 적합한 단어를 골라내는 일은 결코 쉬운 일이 아니다. 어떤 언어든 자신이 아는 단어 내에서만 표현할 수 있기 때문에 상황에 맞게 적절한 단어는 고를 수 있지만, 적합한 단어를 선별하여 사용하는 건 생각보다 어려운 일이기 때문이다. 또한, 비슷한 발음과 뜻을 갖고 있는 단어들이 많아 알게 모르게 비슷한 단어를 혼동해 쓰는 경우도 많다. '부분'과 '부문', '자기계발'과 '자기개발', '가르치다'와 '가르키다' 등 소통에 전혀 문제가 되지 않기에 특별한 경계심 없이 쓰고 있는 잘못된 단어 사용이 글을 쓸 때도 영향을 미치게 되는 것이다. 허나 같은 글이라도 적절한 단어와 적합한 단어를 사용한 글은 전달력과 신뢰도에 차이를 가져오게 됨을 반드시 기억해야 한다.

말이든 글이든 누구나 자신이 아는 단어 내에서 표현할 수 있다. 우리가 외국어를 배울 때 단어를 외우려 애쓰는 이유도 거기에 있다. 우리가 영어로 아프다는 뜻으로 'sick'만을 알고 있다면 영어권 나라에서 머리가 아파 병원에 갔을 때 할 수 있는 말은 오직 'head sick'밖에 없다. 허나 같은 상황이라도 한국어로 표현을 하게 되면 다르다. '머리가 지끈거린다'든지, '바늘로 찌르듯이 아프다'고 하든지, '뒷골이 땡

긴다'는 등 다양한 표현으로 자신의 상황을 얘기할 수 있다. 이처럼 그 상황에 맞는 적합한 표현을 하기 위해서는 다양하고 풍부한 단어량이 필수적인 것이다.

단어와 함께 신경을 써야할 또 다른 부분은 '띄어쓰기'다.

'아버지 가방에 들어가신다'

이 유명한 문장처럼 띄어쓰기 하나에 의미가 달라지는 경우도 있기 때문에 결코 띄어쓰기의 실수를 가볍게 여겨서는 안 된다. 또한, 띄어쓰기는 글 전체의 흐름을 조정하는 역할을 하기 때문에 띄어쓰기를 제대로 하지 않게 되면 읽는 이로 하여금 흐름을 어색하고 하고 불편하게 만들게 된다.

띄어쓰기는 간단해 보이지만 우리말의 규정이 복잡하고 예외의 규정도 많아 의외로 제대로 된 띄어쓰기를 하지 못하는 사람이 많다. 다양한 연령층의 원고를 받아보게 되면 남녀노소 불문하고 띄어쓰기를 제대로 이해하지 못하는 사람이 많다는 걸 쉽게 알 수 있다. 번거로운 일이지만 띄어쓰기만 잘해도 글의 완성도를 올릴 수 있다. 글의 완성도를 높일 수 있다는 것은 같은 글이라도 남들보다 좋은 평가를 받을 수 있음을 의미한다.

띄어쓰기를 틀리는 일은 오탈자가 나온 것과 비슷한 느낌을 준다. 띄어쓰기를 잘 하려면 기본적으로 신문과 책을 많이 읽는 것이 가장 좋으며, 더 제대로 알려면 띄어쓰기의 일반 규정과 예외 규정을 구분하여 알아두도록 해야 한다.

띄어쓰기를 할 때 기본적으로 알아두어야 할 우리말 띄어쓰기 기본 원칙에 대해서 알아보도록 하자.

☑ 우리말 띄어쓰기의 기본 원칙

제1절 … 조사 (제41항)

제41항

조사는 그 앞말에 붙여 쓴다.

꽃이/꽃마저/꽃밖에/꽃에서부터/꽃으로만
꽃이나마/꽃이다/꽃입니다/꽃처럼
어디까지나/거기도/멀리는/웃고만

제2절 … 의존명사 단위를 나타내는 명사 및 열거하는 말 등 (제42항~제46항)

제42항

의존 명사는 띄어 쓴다.

아는 것이 힘이다./나도 할 수 있다.

먹을 만큼 먹어라./아는 이를 만났다.

네가 뜻한 바를 알겠다./그가 떠난 지가 오래다.

제43항

단위를 나타내는 명사는 띄어 쓴다.

한 개/차 한 대/금 서 돈

소 한 마리/옷 한 벌/열 살

조기 한 손/연필 한 자루/버선 한 죽

집 한 채/신 두 켤레/북어 한 쾌

다만, 순서를 나타내는 경우나 숫자와 어울리어 쓰이는 경우에는 붙여 쓸 수 있다.

두시 삼십분 오초/제일과/삼학년/육층

1446년 10월 9일/2대대/16동 502호/제1어학실습실

80원/10개/7미터

제44항

수를 적을 적에는 '만(萬)' 단위로 띄어 쓴다.

십이억 삼천사백오십육만 칠천팔백구십팔

12억 3456만 7898

제45항

두 말을 이어 주거나 열거할 적에 쓰이는 다음의 말들은 띄어 쓴다.

국장 겸 과장/열 내지 스물

청군 대 백군/책상, 걸상 등이 있다.

이사장 및 이사들/사과, 배, 귤 등등

사과, 배 등속/부산, 광주 등지

제46항

단음절로 된 단어가 연이어 나타날 적에는 붙여 쓸 수 있다.

그때 그곳/좀더 큰 것/이말 저말 한잎 두잎

제3절 … 보조용언 (제47항)

제47항

보조 용언은 띄어 씀을 원칙으로 하되, 경우에 따라 붙여 씀도 허용한다.

불이 꺼져 간다./불이 꺼져간다.

내 힘으로 막아 낸다./내 힘으로 막아낸다.

어머니를 도와 드린다./어머니를 도와드린다.

그릇을 깨뜨려 버렸다./그릇을 깨뜨려버렸다.

비가 올 듯하다./비가 올듯하다.

그 일은 할 만하다./그 일은 할만하다.

일이 될 법하다./일이 될법하다.

비가 올 성싶다./비가 올성싶다.

잘 아는 척한다./잘 아는척한다.

다만, 앞말에 조사가 붙거나 앞말이 합성 동사인 경우, 그리고 중간에 조사가 들어갈 적에는 그 뒤에 오는 보조 용언은 띄어 쓴다.

잘도 놀아만 나는구나!/책을 읽어도 보고…

네가 덤벼들어 보아라./강물에 떠내려가 버렸다.

그가 올 듯도 하다./잘난 체를 한다.

제4절 … 고유 명사 및 전문 용어 (제48항 ~ 제50항)

제48장

성과 이름, 성과 호 등은 붙여 쓰고, 이에 덧붙는 호칭어, 관직명 등은 띄어 쓴다.

김양수(金良洙)**/서화담**(徐花潭)**/채영신 씨**

최치원 선생/박동식 박사/충무공 이순신 장군

다만, 성과 이름, 성과 호를 분명히 구분할 필요가 있을 경우에는 띄어 쓸 수 있다.

남궁억/남궁 억

독고준/독고 준

황보지봉(皇甫芝峰)/황보 지봉

제49장

성명 이외의 고유명사는 단어별로 띄어 씀을 원칙으로 하되, 단위 별로 띄어 쓸 수 있다.

대한 중학교/대한중학교

한국 대학교 사범 대학/한국대학교 사범대학

제50장

전문 용어는 단어별로 띄어 씀을 원칙으로 하되, 붙여 쓸 수 있다.

만성 골수성 백혈병/만성골수성백혈병

중거리 탄도 유도탄/중거리탄도유도탄

4 능동과 피동, 객관과 주관

문장은 능동형이냐 피동형이냐로 구분될 수 있는데, 능동형은 말 그대로 스스로 움직이거나 작용하는 능동적인 형태를 뜻하는 것이고, 피동형은 자발적인 것이 아닌 타인에 의하여 움직이는 형태를 말하는 것이다.

피동형으로 쓴 문장을 피동문이라고 하는데, 피동문이란 피동사가 서술어로 쓰인 문장을 뜻한다. 여기서 피동사란, 문장의 주체가 다른 무언가로부터 움직임에 영향을 받는 동사를 의미한다. 그렇기에 피동문은 능동적인 주체가 될 수 없는 무생물이 주어가 됐을 경우가 대부분이다.

우리가 글을 쓸 때, 알게 모르게 피동형으로 글을 쓰는 경우가 많다. 허나 우리말은 피동형으로 써야 하는 경우가 흔치 않다. 이야기할 때 대부분 행위의 주체를 주어로 삼기 때문에 문장도 능동형으로 써야 자연스러운 것이 일반적이기 때문이다. 허나 영어의 영향으로 어느 순간부터 피동형 문장으로 글을 쓰는 경향이 늘어나 피동형으로 글을 쓰는 것이 익숙해져 버린 것이다.

우리말은 피동형으로 글을 쓰게 되면 문장이 어색해지거나 뜻이 모호해져 글의 전달력이 떨어지게 된다. 또한, 신뢰도도 떨어지게 되기 때문에 불가피한 경우를 제외하고는 가능한 능동형으로 글을 쓰는 것이 바람직하다.

영어식 피동표현

새로운 사업을 시작하기 전에는 신중한 선택이 요구된다.

➡ '선택이 요구된다'는 피동표현보다 '선택을 해야 한다'는 능동표현이 더 자연스럽고 힘이 있다.

서울대가 대학국어 수강생을 대상으로 한자어 실력을 평가한 결과 60%가 낙제점을 받은 것으로 조사됐다.

➡ 조사되는 것은 조사의 대상이지 조사 결과가 아니므로 '~로 조사됐다'는 피동 표현은 성립하지 않는다. 이럴 경우 대부분 '~로 나타났다'로 바꾸는 것이 좋다.

부적격 출제위원 선정과 복수 정답 시비 등 수능시험 관리에 총체적 부실이 드러나 물의가 빚어진 바 있다.

➡ '물의를 빚다', '물의를 일으키다'는 자연스럽지만 그 피동형은 어색한 표현이다. '말썽이 빚어지다' 역시 마찬가지이다. 여기서는 '물의를 빚은 바 있다.'로 바꿔주자.

그 방면의 석학들에게 응분의 연구비를 지급하고 좋은 강의를 하도록 한다면 학문에 대한 국민적 관심을 불러일으키게 될 것이고 우리의 지적 수준을 한 단계 끌어올리게 될 것이다.

➡ 이 문장에서도 능동형으로 바꿔 '불러일으키고', '끌어올릴 수 있다.' 쓰면 보다 자신의 주장을 분명히 할 수 있다.

이러한 단순 피동문뿐만 아니라, '되어지다', '보여지다', '쓰여지다', '짜여지다' 등 '피동사 + ~지다' 형태의 이중피동 또한 남용되고 있다. '되다' 자체가 피동의 표현인데, 여기서 또 다시 피동을 만드는 '~어지다'를 합쳐 의미가 중복되는 이중피동문의 형태가 되는 것이다. 강조하기 위해 쓰는 이중피동문은 최근 언어습관으로 굳어지고 있는 형태인데 이는 아무 의미 없이 피동을 겹쳐 쓰는 것일 뿐임으로 주의해야 한다.

최근에는 영어식 피동 표현을 삼가라는 주장에 대해 다양한 우리말 표현을 막는다는 의견도 나오고 있으나, 출제자의 입장을 고려해봤을 때 가능한 피동형 문장은 삼가는 것이 평가에는 좋다.

글을 쓸 때, 특히 논술을 쓸 때는 객관적인 사실도 중요하지만 자신의 주장을 적는 주관적인 의견도 필히 들어가야 한다. 논술은 어떠한 정보를 얻기 위해 쓰는 글이 아니다. 어떤 주제에 따른 자신의 의견, 주장이 가장 중요하다. 객관적인 사실과 정보는 자신의 결론, 주장을 뒷받침하는 근거일 뿐, 핵심은 그 주제를 바라보는 자신의 의견이다.

글에서 가장 중요한 것은 결론이다. 결론을 어떻게 내느냐에 따라 글의 방향성과 목적의 결과까지 결정된다. 서론과 본론은 결론을 세우기 위한 반석이 불과하다. 단, 반석이 얼마나 튼튼하냐에 따라 제대로 된 결론을 세울 수 있다. 아무리 흥미로운 서론과 다양한 본론을 서술하였다 하더라도 결론이 명확하지 않으면, 하고 싶은 말은 안하고 말을 빙빙 돌리는 친구에게 답답해하듯이 '그래서 네가 하고 싶은 얘기가 뭐야?'라는 마음이 들 수밖에 없다.

어떤 글이든 가장 두드러지게 나와야 하는 건 결론이다. 어떤 소재와 주제든 그것을 바라보는 글쓴이의 관점, 의견, 주장이 가장 두드러지게 나와야 하는 것이다. 어떤 소재든 각자 그것을 바라보는 관점이 있다. 글을 읽는 사람은 그 소재를 바라보는 그 사람만의 관점을 보고 싶은 것이다. 터무니없는 우기기의 주장이 아니라, 충분한 근거를 든 설득력 있는 그 사람만의 주관적인 의견을 말이다.

그렇기에 객관적인 서론, 본론을 반석으로 하여 그 위에 자신만의 주관적인 결론을 세워야 한다. 그 주관적인 결론이 글의 평가를 좌우하는 핵심적인 요소가 되는 것이다. 언제, 어디서 객관과 주관을 세워야 할지만 명확히 알아도 글은 전달력, 설득력이라는 힘을 갖게 된다. 우리가 누구나 비슷한 삶의 패턴 속에서 자신만의 삶의 방향성을 찾아가듯이 글도 그렇게 자신만의 결론을 찾아나가야 하는 것이다.

5 외국어는 신중히!

"김연아는 대한민국의 영웅!"

한 기사 제목이 이렇게 쓰였다. 이 문장에서 잘못된 점은 무엇일까? 바로 영웅이란 한자 표현을 잘못 쓴 것이다.

영웅(英雄)은 꽃부리 영(英)과 수컷 웅(雄)자 합쳐서 만들어진 단어다. 다시 말해 남성에게만 쓰는 단어란 것이다. 애초에 여성에게는 어울리지도, 써서는 안 되는 단어지만 김연아에게 영웅이란 단어를 쓴 것이다. 기사 제목이 "박지성은 대한민국의 영웅!" 이었다면 대상인 박지성이 남성이기 때문에 전혀 문제되지 않지만, 김연아처럼 대상이 여성일 경우에는 수컷 웅(雄)이 들어가는 영웅(英雄) 대신 여걸(女傑)이란 단어를 써주어야 한다.

이처럼 우리가 제대로 알지 못하고 흔히 잘 못 사용하고 있는 외래어가 많다. 특히 단어에는 한자어를 쓰는 경우가 많기 때문에 대상에게 적절한 한자 단어인지를 반드시 한 번 더 생각해봐야 한다.

또한 영어 단어는 우리말로 표기하기에 헷갈리는 것들이 많아 잘못 쓰고 있는 경우가 많은데, 간단히 우리가 흔히 잘 못 알고 있는 외래어에 대해 몇 가지 짚고 넘어가도록 하자.

1 … 원지음을 최대한 고려한 표기

바베큐 ➡ 바비큐
엑센트 ➡ 악센트
불독(bulldog) ➡ 불도그
타이타닉 ➡ 타이태닉
발렌타인데이 ➡ 밸런타인데이
매니아 ➡ 마니아
다이아나 ➡ 다이애나

2 … '-쟈, 져, 죠, 쥬, 챠, 쳐, 쵸, 츄'는 사용하지 않는다.

쥬스 ➡ 주스
텔레비젼 ➡ 텔레비전
스케쥴 ➡ 스케줄
쟝르 ➡ 장르
쥬니어 ➡ 주니어
챠트 ➡ 차트
시츄에이션 ➡ 시추에이션

3 … f, p는 'ㅍ'로 표기

환타지 ➡ 판타지
화이팅 ➡ 파이팅
훼밀리 ➡ 패밀리

4 … 파열음 표기에는 된소리를 쓰지 않는 것을 원칙으로 한다.

까스	➡ 가스
꼬냑	➡ 코냑
빠리	➡ 파리
모짜르트	➡ 모차르트
쮜리히	➡ 취리히
떼제베	➡ 테제베
까페	➡ 카페
째즈	➡ 재즈
써비스	➡ 서비스
꽁트	➡ 콩트
썬탠	➡ 선탠
르뽀	➡ 르포

예외		
	빵, 껌, 삐라, 빨치산, 샤쓰, 짬뽕, 히로뽕 등	굳어진 관용 표기를 인정
	빨치산/파르티잔, 샤쓰/셔츠, 히로뽕/필로폰 등	양쪽 모두 인정

5 … 영어에서 들어온 외래어는 영국식 발음을 기준으로 한다.

수퍼	➡ 슈퍼
수퍼마켓	➡ 슈퍼마켓
캄팩트 디스크	➡ 콤팩트 디스크

6 … 짧은 모음다음의 어말 무성 파열음 [p], [t], [k]는 받침으로 적는다.

도너츠 ➡ 도넛
로케트 ➡ 로켓
카페트 ➡ 카펫

예외	배트, 체크, 히트, 노크, 메리트, 네트, 세트, 쇼크, 커피포트, 티베트

7 … 유음, 비음, 이중모음, 긴모음 뒤의 [p], [t], [k]는 '으'를 붙여 적는다.

케익 ➡ 케이크
테입 ➡ 테이프
팀웍 ➡ 팀워크
플룻 ➡ 플루트
스카웃 ➡ 스카우트

8 … [ʃ]는 영어의 경우 자음 앞에서는 '슈', 어말에서는 '시'로 적는다. 그러나 다른 언어에서 온 말은 언제나 '슈'로 적는다.

쉬림프(shrimp) ➡ 슈림프
대쉬 ➡ 대시

플래쉬 ➡ 플래시
브러쉬 ➡ 브러시
러쉬아워 ➡ 러시아워
쇼맨쉽 ➡ 쇼맨십
리더쉽 ➡ 리더십
아인시타인 ➡ 아인슈타인(독일어)

9 … 장모음의 장음은 따로 표기하지 않는다.

그리이스 ➡ 그리스
뉴우스 ➡ 뉴스

예외	알코올, 앙코르

10 … [ʌ]는 어로, [a:]는 오로 적는다.

콘트롤 ➡ 컨트롤
컨서트 ➡ 콘서트
컨셉트 ➡ 콘셉트
컨텐츠 ➡ 콘텐츠

11 … 고유명사에서 철자가 's'로 끝나고 발음이 [z] 인 경우는 '스'로 적는다.

템즈(Thames강) ➡ 템스

타임즈(Times) ➡ 타임

12 … 현지음을 따르는 것을 원칙으로 하되 현지음이 아닌 제3국의 발음(주로 영어)**로 통용되고 있는 경우는 그 관용을 따른다.**

Caesar 케사르 ➡ 현지음 : 카이사르, 영어 : 시저

13 … 조심해야할 나라이름

말레이지아 ➡ 말레이시아
싱가폴 ➡ 싱가포르
이디오피아 ➡ 에티오피아
자이레 ➡ 자이르

14 … 주의해야할 된소리, 거센소리

카톨릭 ➡ 가톨릭
쿠테타 ➡ 쿠데타
쿵푸 ➡ 쿵후
짜장면 ➡ 자장면
빵빠레 ➡ 팡파르
가디건 ➡ 카디건
플라밍고 ➡ 플라멩코

15 ··· 부정의 접두어 (non-)

넌센스 ➡ 난센스
넌타이틀 ➡ 논타이틀
넌스톱 ➡ 논스톱
넌픽션 ➡ 논픽션

16 ··· 군더더기 표기에 주의

뎃생 ➡ 데생
앙케이트 ➡ 앙케트
런닝셔츠 ➡ 러닝셔츠
제스추어 ➡ 제스처
젯트엔진 ➡ 제트엔진
렛슨 ➡ 레슨
카셋트 ➡ 카세트
맛사지 ➡ 마사지
컨닝 ➡ 커닝
뱃지 ➡ 배지
팩키지 ➡ 패키지

17 ··· 부당한 생략이나 줄임에 주의

렌지(range) ➡ 레인지
레크레이션 ➡ 레크리에이션
스텐레스 ➡ 스테인리스

18 … 일본식 잘못된 외래어 표기

링게르 ➡ 링거
바란스 ➡ 밸런스
맘모스 ➡ 매머드
마후라 ➡ 머플러
타이루 ➡ 타일
다이나마이트 ➡ 다이너마이트
다이알 ➡ 다이얼
데이타 ➡ 데이터
라이타 ➡ 라이터
레이다 ➡ 레이더
레파토리 ➡ 레퍼토리
로숀 ➡ 로션
로얄티 ➡ 로열티
로타리 ➡ 로터리
센티멘탈 ➡ 센티멘털
스탠다드 ➡ 스탠더드
오리지날 ➡ 오리지널
인디안 ➡ 인디언
콘테이너 ➡ 컨테이너
크리스찬 ➡ 크리스천
크리스탈 ➡ 크리스털
타부(taboo) ➡ 터부
토탈 ➡ 토털
페스티발 ➡ 페스티벌
프로포즈 ➡ 프러포즈

19 … '이' ~ '잇'이 옳은 경우

보넷(bonnet) ➡ 보닛
자켓 ➡ 재킷
비스켓 ➡ 비스킷
캐비넷 ➡ 캐비닛
타겟 ➡ 타깃

20 … '-애', '-에' 가 옳은 경우

그라프 ➡ 그래프
슬라브 ➡ 슬래브
나레이션 ➡ 내레이션
악세사리 ➡ 액세서리
노스탈지아 ➡ 노스탤지어
에머랄드 ➡ 에메랄드
다이나믹 ➡ 다이내믹
클라이막스 ➡ 클라이맥스
판넬 ➡ 패널
파라독스 ➡ 패러독스

21 … '우', '위' 계열이 옳은 경우

데뷰 ➡ 데뷔
몽타지 ➡ 몽타주
랑데뷰 ➡ 랑데부

쥬라기 ➡ 쥐라기

22 … 양성모음의 형태가 옳은 경우

녁다운 ➡ 녹다운
어코디언 ➡ 아코디언 (악기)
다이어몬드 ➡ 다이아몬드
컬럼(column) ➡ 칼럼
컨테스트 ➡ 콘테스트
컴플렉스 ➡ 콤플렉스
레미컨 ➡ 레미콘
헐리우드 ➡ 할리우드

23 … 음성 모음의 형태가 옳은 경우

드리볼 ➡ 드리블
아답타 ➡ 어댑터
미스테리 ➡ 미스터리
캬라멜 ➡ 캐러멜
캐리어 ➡ 커리어
스폰지 ➡ 스펀지
콘소시움 ➡ 컨소시엄
심포지움 ➡ 심포지엄
타올 ➡ 타월

24 … 철자에 따라 유의해야 할 경우

globe 글로브 ➡ glove 글러브

color 컬러(색깔) ➡ collar 칼라(옷깃)

메타놀 ➡ 메탄올

오랜지 ➡ 오렌지

25 … 기타

기브스 ➡ 깁스

블 ➡ 블록

나르시즘 ➡ 나르시시즘

상들리에 ➡ 샹들리에

샌달 ➡ 샌들

데스크 탑 ➡ 데스크 톱

쇼파 ➡ 소파

라이센스 ➡ 라이선스

샵(shop) ➡ 숍

라이온즈 ➡ 라이온스

스넥 ➡ 스낵

레프리(referee) ➡ 레퍼리

렌트카 ➡ 렌터카

스티로폴 ➡ 스티로폼

류마티스 ➡ 류머티즘

신나 ➡ 시너

맨숀 ➡ 맨션

아울렛	➡ 아웃렛
바디랭기지	➡ 보디랭귀지
악세레이타	➡ 액셀러레이터
부르조아	➡ 부르주아
앰블란스	➡ 앰뷸런스
옵저버	➡ 옵서버
컨츄리	➡ 컨트리
야쿠르트	➡ 요구르트
코스모폴리턴	➡ 코즈모폴리턴
캬바레	➡ 카바레
빵꾸	➡ 펑크
플랭카드	➡ 플래카드
록앤롤	➡ 록 앤드 롤(=로큰롤)
히트 앤 런	➡ 히트 앤드 런
리듬 앤 블루스	➡ 리듬 앤드 블루스

CHAPTER ③

자기 소개서

1장 | 자소서 준비 3단계

Ⅰ 1단계 – 나를 분석하라

"자소서 항목에 무슨 이야기를 써야 할지 모르겠어요."

"자소서에 쓸 내용이 없어요!"

"저는 해당 되는 항목의 경험이 없어요."

자소서 첨삭을 하다보면 학생들에게 자주 듣는 대화의 내용이다. 실제로 많은 지원자 분들이 자기소개서에 어떠한 경험을 써야 하는지 고민을 가장 많이 가지고 있는 것 같다. 또한, 본인은 특별한 경험이 없다고 단정적으로 표현하는 지원자들도 있다. 지원자 입장에서 특정 지원회사의 관심을 꾸준하게 가지지 못하고, 당장의 지원을 위해서 작성하다 보니 지원동기부터 뭔가 작성할 콘텐츠도 찾기 어렵고, 자연스럽게 다른 항목도 어렵게 느끼는 것이다.

또한. 기존의 자소서 항목 유형은 단순 지원동기, 입사 후 포부, 성장과정, 성격의 장단점 포괄적으로 질문하였다면,

요즘은 자소서 항목이 좀 더 구체화 되고 있다.

SK 그룹 자소서 항목을 일부 살펴보자!

1) 자신에게 주어졌던 일 중 가장 어려웠던 경험은 무엇이었습니까? 그 일을 하게 된 이유와 그때 느꼈던 감정, 진행하면서 가장 어려웠던 점과 그것을 극복하기 위해 했던 행동과 생각, 결과에 대해 최대한 구체적으로 작성해주십시오.

2) 이제까지 가장 강하게 소속감을 느꼈던 조직은 무엇이었으며, 그 조직의 발전을 위해 헌신적으로 노력했던 것 중 가장 기억에 남는 경험은 무엇입니까? 개인적으로 더 많은 노력을 기울였던 일과 그때 했던 행동과 생각, 결과에 대해 최대한으로 구체적으로 작성해주십시오.

위 자소서 항목을 살펴보더라도 최근 자소서 항목은 좀 더 디테일 적인 측면을 물어보고 있다. 어떤 문항을 만나더라도 잘 작성하기 위해 어떠한 준비가 필요한 것일까?

자기분석이 자소서 작성의 출발

자소서를 작성하기 전에 나에 대한 철저한 분석이 필요로 하다. 자기분석을 통해 지원자가 대학 생활동안 어떠한 지식과 스킬을 보유하고 있는지 그리고 어떠한 성격적 태도를 가지고 있는지, 어떤 강점을 보유하고 있는지에 대한 정리가 필요하다. 결국, 어떠한 직무를 수행할 수 있는 나 자신의 역량에 대해 정립이 되어 있어야 한다는 것이다.

특히, NCS 국가직무능력표준(National Competency Standards) 도입 이후 공기업뿐만 아니라, 기업에 가장 강조하게 되는 것도 직무역량 중심 채용이다. 직무를 수행하는 데 필요한 지식. 스킬, 태도를 보유하고 있음을 자소서나 입사지원서 드러낼 필요가 있다. 그렇다면, 직무역량을 드리내기 위한 자기분석을 어떻게 실행해야할 지 알아보도록 하자!

자기분석 스텝 3가지

1 … 성향 검사 사이트 이용

제일 먼저 권장할 방법은 각종 성향 검사 사이트를 이용하는 것이다. 물론, 이러한 검사 결과 값이 반듯이 정답은 아니지만, 특정 기준 대비 '나'라는 사람은 어떠한 성향과 강점을 보유하고 있는 빠르게 확인할 수 있다. 아래의 사이트를 이용하여 다양한 성향 검사를 시도해 보기 바란다.

성향 검사	추천 사이트
직업적성검사, 직업흥미검사, 주요능력효능감검사	커리어넷 www.career.go.kr
직업선호도검사, 직업가치관검사, 대학생 진로준비도검사	워크넷 www.work.go.kr

2 … 스토리보드 이용

스토리보드는 취업진로 교육, 자기소개서 작성할 때 가장 많이 사용하는 툴이다. 대학교 1~4학년 생활동안 관심전공, 자격증 취득, 대외활동, 아르바이트, 봉사활동, 팀 과제 등 각 항목에 대해 어떤 경험을 했는지 구체적으로 정리하기 좋은 방법이다. 대학생활 전체 경험을 정리하다 보면, 지원자가 어떠한 경험을 반복적으로 하였는지, 어떠한 관심을 주로 가지고 생활하였는지 파악할 수 있다. 예를 들어, 대학 생활동안 판매 아르바이트를 많이 했다면 지원자는 판매와 관련된 직무역량을 보유하고 있다는 점을 파악할 수 있다.

3 … 각 경험을 지식, 기술, 태도로 다시 한 번 분석하라

각 경험을 다시 한 번 지식, 기술, 태도로 분류해 보자. 예를 들면, 편의점 판매 아르바이트 경험이면 판매를 통해서 알게 된 지식, 기술, 태도가 있을 것이다. 편의점의 다양한 상품 종류의 이해는 지식부분에 해당되며, 손님이 니즈에 맞는 상품 추천 능력은 기술, 마지막으로 손님에게 친절하게 응대하는 것은 태도에 해당 하는 것이다.

이러한 3단계 과정으로 거쳐 본인의 1~4학년 동안의 경험을 분석하고, 각각의 경험마다 어떠한 지식, 기술, 태도를 가지고 있는지 종합적으로 나열해 보자. 종합적으로 정리하면, 지원자가 어떠한 지식, 기술능력을 보유하고 있는지, 그것을 활용하여 어떤 직무능력을 발휘 할 수 있는지 도출 시킬 수 있다.

2 2단계 - 지원 직무를 분석하라

아직도 자소설 쓰시나요?

취업채용시기가 다가오면, 지원자들은 일말의 기회를 얻기 위해 다양한 분야에 지원을 하게 된다. 자신의 학과 대비 갈수 있는 곳, 자신이 관심 있어 하는 곳, 혹은 지원 자격과 무관한 곳에 지원하려다 보니 자기소개서 작성은 어느새 자소설이 되어버리고 만다.

요즘 채용하는 일자리가 한정적이고 취업률이 낮다 보니 지원자의 심정은 충분히 공감이 된다. 다양한 기회를 잡고 싶고, 면접을 거치고, 취업하는 것이 최선의 방법이 되어버렸다. 그렇다 보니 여기 저기 작성할 곳은 증가 되고, 시간이 부족해지고, 좋은 품질의 자기소개서 작성하기에 시간이 부족하다. 다양한 기회를 통해 지원하는 것은 현실적인 부분이지만, 여기서 좀 더 현명하게 생각해 본다면 어떤 부분이 있을까?

직무분석해보셨나요?

직무의 용어에 대해 생소하게 느껴질 분도 있고, 취업교육을 들어 보았다면 많이 들어 보았을 것이다. 직무란, 직업

상 담당자에게 맡겨진 임무인 것이다. 결국 그 임무 수행을 위해 필요한 역량을 분석해 보는 것이 직무분석이다. 하지만, 현장에 많은 학생들의 고민은 직무분석 보단, "지원 직무를 어떻게 선정해야 할지 몰라요" 라는 말을 듣게 된다. 이 책을 읽고 있는 지원자 분들 중에도 분명 여기에 해당하는 분들이 있을 것이다. 그렇다면 왜 이러한 질문이 나오게 되는 것인가?

제일 근본적인 이유는 자기분석이 부족하기 때문이다. 자신의 과거 경험을 돌아보았을 때 어떠한 지식과 기술과 업무적 태도가 있는지 구체적으로 정리가 필요하다. 자기분석 자료를 바탕으로 본인 학과에서 어떠한 직무로 취업이 연계되어 있는지 탐색해보고, 그 중에서 제일 관심 있는 직무를 선택하는 것이 선행되어야 한다.

몇 가지 선택한 직무를 바탕으로 구체적으로 직무에 필요한 역량을 분석하는 직무분석의 시작인 것이다. 직무분석이 중요한 이유는, 인사담당자는 일정 자격요건을 갖춘 지원자 중 지원직무의 역량을 가진 사람을 채용하고 싶어 하기 때문이다. 결국 직무분석을 통해 내가 이 직무에 필요한 지식과 기술 태도를 보유하고 있는지 확인하고 이를 자기소개서에 충분히 표현해야 하는 것이다.

직무분석 3STEP 방법

1 … 홈페이지

지원기업 홈페이지를 통해 지원직무를 분석할 수 있다. 해당 기업의 채용사이트에 들어가게 되면, 현재 지원하고자 하는 직무에 대해 소개되어 있는 자료를 찾을 수 있다. 또한, 필요역량이나 요구되는 자격증도 함께 작성되어 있으니 참고해보길 바란다.

예를 들면, CJ 그룹 채용정보 사이트를 통해 CJ 제일제당 경영 지원업무 역량 일부를 살펴보면 이렇게 제시 되어 있다.

자격 : 기본적인 인사/재무 지식

인사직무가 담당하는 채용, 인력운영, 교육, 평가보상, Global HR 등 모든 분야의 가장 밑바탕에는 노동법이 있습니다. 특히 사업장 인사로서 생산현장에서 발생할 수 있는 노사이슈에 대해 대응할 수 있어야 합니다. 아울러, 전략적 인력운영을 위해 사업장 발전방향을 고민하고, 검토할 수 있는 기본적인 재무, 원가 관련 지식 역시 필요합니다. 이러한 노동법 및 재무(원가)에 대한 기본 이해가 선행되어 있다면 실제 현업에서 경쟁력을 갖출 수 있을 뿐만 아니라 업무 수행에도 많은 도움이 될 것 같습니다.

2 … 직무 인터뷰

홈페이지의 직무 설명이 부족하다면, 다양한 취업 포털사이트에서 인터뷰한 내용을 살펴보는 것이 좋다. 인터뷰 내용에는 직무의 하루 일과나 지원자가 중요하게 생각하는 현장의 생생한 목소리를 들을 수 있고, 해당 직무에 어떻게 입사준비했는지 알 수 있다. 포털검색창에 '00직무인터뷰'를 검색하면 다양한 직무 인터뷰 내용을 정리 할 수 있다.

3 … NCS 자료 활용하기

NCS 사이트(http://www.ncs.go.kr)를 이용하는 것도 좋은 방법이 된다. 사이트에는 직무별로 요구되는 역량을 세부적으로 분석해 놓았고, 세부적 역량에 대해 KSA로 잘 정리해 놓았다.

직무분석 이후 자기분석 내용을 매칭 하는 작업이 필요하다. 자기분석의 지식, 기술, 태도와 직무분석의 지식, 기술, 태도가 일치되는 부분이 많은 직무를 선택하는 것이 가장 직무역량을 많이 보유하고 있는 것이고, 이는 곧 자신이 해당

직무에 지원했을 때 취업 성공률을 높이는 방법이 된다. 다양한 지원도 중요하지만, 나 자신의 직무역량이 높은 곳을 1차적으로 관리하고 자기소개서를 쓴다고 하면 좀 더 확률 높은 취업전략이 된다.

[3] 3단계 - 지원 기업을 분석하라

기업분석은 소개팅 나갈 때처럼

기업분석은 소개팅 나갈 때 준비하는 것과 유사하다. 우선 소개팅의 의뢰가 들어오면 우린 가장 먼저 상대방의 정보를 찾게 된다. 어떤 학과인지, 어디에 살고 있는지, 어느 대학교를 나왔는지, 어떤 스타일의 연애 상대자를 찾는지 말이다. 구체적인 정보를 바탕으로 상대방이 좋아할만한 부분을 최대한 준비하여, 상대방이 자신에게 호감을 가질 수 있도록 준비 한다. 이렇게 소개팅을 준비하는 것처럼, 입사를 희망하는 기업에 대해 분석을 해야 한다.

내가 앞으로 들어가서 일할 회사는 어떠한 부분을 갖추어야 나에게 호감을 갖고 채용할 것인지 구체적으로 탐색해야 한다. 입사 희망기업의 회사소개, 주요사업, 채용정보 및 인재 상에 대해 살펴보아야 한다.

회사소개	CEO인사말, 주요 연혁, 비전, 핵심가치, 위치, 조직도
주요사업	사업종류 및 주력사업 및 핵심 상품
채용정보 및 인재 상	채용 시기, 채용절차, 지원 자격, 직무, 인재 상

이러한 기업분석을 통해 가장 먼저 확인할 수 있는 점은 '채용희망 기업에 대해 합리적 판단'이다. 내가 아무리 가고 싶은 회사가 있어도 회사에서 호감을 가질 만한 요소가 부족하다면 다른 지원자 보다 경쟁력이 떨어지기 마련이다. 최대한 기업분석을 통해 경쟁력을 바탕으로 지원할 수 있는 회사를 탐색하는 것이 중요하다.

또한, 기업분석의 내용을 바탕으로 자기소개서에서도 활용이 필요하다. 특히 지원동기 항목을 작성할 때는 반듯이 지원기업의 분석을 통해 지원기업에 어떠한 동기로 지원기업을 선택하였고, 지원기업에 어떤 부분을 기여할 것인지 구체적으로 작성할 때 기업분석 내용이 필요하다.

기업분석 3 STEP

1 … 홈페이지 조회

기업분석의 제일 우선순위는 입사하고 싶은 회사 홈페이지를 우선적으로 조사하는 것이다. 홈페이지에는 해당기업의 기본적인 정보를 확인할 수 있다. 홈페이지 상단을 확인해 보면 회사 소개, 주요사업, 홍보센터, 인재채용 등의 요소를 확인할 수 있다. 최대한 홈페이지를 통해 기업분석에 관련한 사항에 대해 찾아보도록 하자.

2 … 기사 조회

기사조회도 주요한 기업분석 방법 중 하나이다. 포털검색 사이트의 해당 기업 기사를 찾아보는 것이다. 기사내용을 통해, 최근 회사의 이슈 사항뿐만 아니라, 경쟁사와 비교 및 회사에 속해있는 산업에 전체적인 내용을 확인할 수 있다. 또한, 상품에 대한 소비자의 반응을 확인할 수 있다. 회사 기사는 최근 6개월 내의 내용을 확인하여 최대한 관련 정보를 찾아보는 것이 좋다.

3 … 선배들에게 문의

가장 좋은 방법 중 하나는 입사하고 싶은 회사 선배에게 물어보는 방법이다. 평소 친분이 있는 입사 선배를 통한 방법도 있고, 취업센터에서 선배와의 만남 시간도 적극 이용하는 것도 좋은 방법이다. 회사 선배님들은 회사의 실질적인 조직문화부터 어떠한 직무역량이 필요한지 직접적인 내용을 들을 수 있다. 또한, 아직 알려지지 않는 회사의 내부적인 고급 정보를 들을 수 있으니 최대한 많은 선배를 만나보는 것도 도움이 된다.

이외에도 좀 더 적극적인 기업분석 방법으로는 해당 기업의 제품을 직접 이용하거나, 판매 현장에 가보는 것도 좋은 방법이다. 인터넷에서 알 수 없는 정보와 지원자가 스스로 느낀 기업의 경험의 정보를 알 수 있는 좋은 방법이 된다.

이렇게 기업분석을 바탕으로 희망 기업을 찾은 후 지원 목표를 설정하고 지속적으로 준비한 지원자와 며칠 전 채용 사이트를 통해 기업에 지원하는 사람과는 지원동기의 내용부터가 차이가 날 수밖에 없고, 이는 곧 서류통과에 영향을 주게 된다. 최대한 입사 희망기업 5곳 이상은 분석한 내용을 바탕으로 남들과 차별화된 내용으로 자기소개서를 작성하도록 하자.

2장 | 자소서 쓰기

Ⅰ 평가자 관점으로 작성하라

자소서는 제 자신의 이야기를 쓰는 것 아닌가요?

"처지(處地)를 서로 바꾸어 생각함"

역지사지라는 말을 들어보았을 것이다. 자소서를 작성할 때 지원자들이 놓치는 부분은 평가자 관점으로 작성하지 않는 다는 것이다. 자소서의 목적은 나의 이야기를 들려주는 것도 있지만, 한 번 더 생각해보면 '나의 이야기가 평가자에게 잘 설득 되어 지원 분야에 합당한 사람이라는 점'을 부각한다는 것에 있다.

결국 평가자에게 잘 설득되는 글이 되어야 한다는 것이다. 그리고 평가자에게 잘 설득되는 글이 되려면 **'나의 사고 중심의 글이 아닌, 평가자 사고 중심의 글이 나와야 되는 것이다.'**

평가자 중심의 사고란?

우선 서류 평가자는 많은 지원자 중 회사에 적합한 인재를 선발하기 위해 입사지원서와 자기소개서를 평가하게 된다. 입사지원서 평가에서 기준 점수 이상이 넘었다면, 나머지는 자기소개서 평가점수를 합산하여 서류통과 여부가 결정되기 마련이다.

평가자는 어떠한 인재를 채용하고 싶은 것일까?

우선 서류 평가자가 소속되어 있는 곳은 어디일까? 바로 기업이다. 기업의 목적은 무엇인가? 바로 이윤창출을 위해 존재하고 있다. 결국 기업이 원하는 인재는 이윤창출에 도움이 되는 인재를 선발할 것이다. 서류 평가자 역시, 같이 일할 수 있고, 회사에 기여할 수 있는 인재를 채용하고 싶어 하는 것이 평가자 입장이다. 자소서 문항 또한, 지원자가 회사에 기여할 수 있는 사람인지 아닌지를 평가하는 항목이 된다. 최종적으로 서류 평가자의 사고는 '평가 포인트를 기준으로 지원자가 일을 잘 할 수 있는 사람인지 아닌지, 회사에 기여할 수 있는 사람인지, 같이 일할 수 있는 사람인지를 평가하는 것에 있는 것이다.

“침대는 가구가 아닙니다. 과학입니다.”

이 광고 문구처럼 “자소서 평가는 과학이 아닙니다. 사람입니다.” 아무리 평가의 기준이 명확하더라도 결국 사람이 읽고 평가하는 부분이 있다는 점을 기억해야 한다. 그 이유는 자기소개서에는 완벽한 정답이 없기 때문이다. 비록 평가 포인트는 있지만 그것은 아무도 모르는 일이다. 사람이 읽고 판단하기 때문이다. 결국 지원자가 해야 할 것은 평가 포인트에 맞춰 서류 평가자를 설득시키고, 평가항목에 맞는 이야기를 자기소개서에 담는 일인 것이다.

☑ 문항분석을 통해 평가 포인트를 발굴하라

공통적인 자기소개서 작성 기본문항의 서류평가자 평가 포인트를 확인해보자. 각 작성 문항에는 기업에서 요구하는 지원자의 역량을 평가하기 위한 문항으로 구성되어 있다. 아래의 4가지 기본 문항 속 평가 포인트를 확인해 보자.

1 … 지원동기

왜 해당 기업을 선택했는지, 지원직무를 통해 회사에 기여할 수 있는 역량은 무엇인지? 역량을 습득하기 위해 어떤 노력을 하였는지 작성되어야 한다. 특히 지원직무 역량을 잘 수행할 수 있는 인재로 작성되어야 한다. 회사는 일할 수 있는 사람을 원한다. 물론 기업 특별한 관심, 좋은 품성도 중요하지만, 지원직무를 잘 알고, 지원직무를 수행할 수 있는 역량이 표현되어야 한다.

2 … 성장과정

회사의 가치관과 인재 상에 잘 어울리는 인재인지를 보기 위함이다. 회사의 가치관 또는, 인재 상에 있는 키워드를 바탕으로 자신의 경험속 내용 중 해당 키워드와 연관된 내용을 작성해야 한다.

3 … 성격의 장단점

직무에 필요한 적합한 성격적 장점을 매칭 시켜 작성하고, 단점은 회사업무에 지장이 없는 단점의 내용을 작성하는 것이 좋다. 예를 들면, 은행 업무에 지원하는데, 숫자에 약하다는 단점은 업무에 영향을 주는 내용이다. 단점을 작성 할 때는 꼭 다시 한 번 회사생활에 문제가 없는 부분인지 검토해야 한다.

4 … 입사 후 포부

입사 후 어떤 한 포부를 가지고 일 할 것인지 살펴보는 문항이다. 이를 바탕으로 회사에 단기간 일하는 것이 아닌 오랫동안 같이 일할 사람을 채용하기 위한 항목이다. 회사에서 본인 직무에서 회사에 기여할 수 있는 포부를 제시하고, 단계별 실행 계획을 구체적으로 작성하면 된다. 이때 너무 큰 포부를 제시하기 보단 가능한 실행 가능한 포부를 작성하는 것이 좋다.

기본 문항을 살펴보았지만, 모든 항목의 핵심은 '우리 회사에 들어와서 일잘 할 수 있는 사람, 구성원과 잘 어울릴 수 있는 사람, 오랫동안 같이 일할 의지가 있는 사람인지'를 알아보기 위함이다. 결국 내가 일할 수 있는 역량이 무엇인지를 드러내야 하고, 내가 다른 사람과 팀워크 속에 원활한 인간관계를 보유하고 있는지, 이 회사를 꼭 들어가야 하는 적극적 입사 의지가 글 속에 들어가 있어야 한다.

2 통과를 높이는 준비방법으로 작성하라

선생님 합격자소서 좀 볼 수 있을까요?

자소서를 작성하다보면, 합격자소서는 어떤 내용으로 작성했는지 호기심이 생기는 것은 당연하다. 예전에는 합격자소서를 카페나 비공식적인 루트를 이용하여 얻을 수 있었다면, 요즘에는 취업 정보 제공 사이트에서 기업 직무마다 합격자소서를 쉽게 볼 수 있도록 잘 갖추어져 있다.

그렇다면 과연 합격 자소서를 본다고 해서 자소서를 잘 작성할 수 있을까?

정답은 **'학생의 작성 준비단계에 따라'** 다르다.

예를 들면, 자기분석을 토대로 직무선택과 기업분석이 어느 정도 갖추어진 학생이라면 합격자소서 참고를 권할 만하다. 과거 지원자들은 어떤 내용을 좀 더 포인트를 두고 작성했는지, 자신의 내용은 많으나 어떻게 풀어나가야 할 지 모르는 상태라면 합격자소서를 읽어본다면 자신의 콘텐츠를 잘 풀어 갈수 있을 것이다.

반대로 자기분석이 부족하고 직무선택이 불확실한 상태에서 단순 서류 지원을 위해 합격자소서를 참고한다면 권하고 싶지 않다. 우선 합격자소서의 내용을 단순 카피를 할 경우가 많고, 나와 회사에 진지한 고민이 없이 회사의 포장된 내용만 작성할 가능성이 크다.

이처럼 합격자소서를 참고하는 것은 지원자의 작성 준비단계에 접근할 필요가 있다. 그렇다고 해서 합격자소서에서 좋은 내용을 찾는다고 해서 과연 합격할 수 있는 자소서를 작성할 수 있는지도 생각해 보아야 한다. 합격자소서에 숨겨진 뒷면은 바로 합격자소서를 작성한 지원자의 스펙을 모른다는 것이다. 즉, 입사지원서와 자기소개서 두 가지가 평가되어 서류통과가 된다는 것이다. 합격자소서를 보더라도 해당 지원자의 학교, 학과, 학점, 지역, 자격증, 활동경험의 결과 값은 절대도 복사할 수 없음을 깨달아야 한다. 결국 합격자소서를 보는 것 보단 자소서 통과를 높이는 준비방법으로 자소서를 작성해야 한다.

자소서 통과를 높이는 준비방법

3단계에 대해 철저하게 준비한다면, 지원자의 자기소개서도 합격 자소서로 방향을 전환할 수 있다.

1 … 자소서 작성 전

모든 공고가 나온다고 하여 무차별 적으로 지원하기 보단, 자신에게 유리한 지원공고를 확인하자. 최소한 3가지의 요건 확인이 필요하다.

"학과, 지역, 성별"

지원자가 지원하는 회사에 지원 자격이 되는지 살펴보아야 한다. 지원직무에서 요구되는 학과가 아니라면 자소서를 아무리 잘 작성해도 통과되기 어렵다. 자신이 학과에 갈 수 있는 직무를 학과 홈페이지에 들어가면 졸업 후 진출 분야에서 확인 하도록 하자.

지역 부분은 생소하게 들릴 것인데, 예를 들면 부산에 산다고 서울에 꼭 지원하지 말라는 것은 아니다. 회사에서는 자신의 회사에 기여할 수 있는 인재라면 모셔갈 수도 있다. 하지만 한편으로는 오랫동안 근무할 인재를 선호하는 것은 사실이다. 오랫동안 근무할 인재는 회사 인근 거주가가 높다는 생각이 지배적이다. 자신이 인근 거주 지역으로 지원하여 합격률을 높이는 것도 좋은 방법 중 하나이다.

마지막으로, 성별은 쉽게 설명하자면 백화점 같은 곳은 여성 직원이 많고, 공장을 보자면 남성 직원이 많다. 성차별의 내용이 아닌, 해당 회사의 산업분야에 따라 필요한 직원의 성별의 차이점이 있다는 것을 확인할 필요가 있다. 사무직이라면 성별의 구별이 크지 않겠지만, 여성이 잘 할 수 있는 산업의 직무가 있고, 남성이 좀 더 잘 할 수 있는 산업의 직무가 있다. 지원회사의 산업에서 요구되는 인재의 성별도 고려해 보면 도움이 된다.

2 … 자소서 작성 중

앞부분에서 강조하였지만 자기분석과 직무분석에 매칭 되는 직무를 설정하고, 기업분석을 통해 자신이 회사의 어떤 점을 기여할 수 있는지 중심으로 글을 풀어 가야한다. 그리고 작성 항목의 평가자의 의도에 맞는 콘텐츠 배치가 필요하다. 글을 풀어나가는 방법은 STAR구조를 바탕으로 한 논리적인 글쓰기가 중요하다. 이 부분은 뒷장에서 더 자세하게 알아보도록 하자!

3 … 자소서 작성 후

자소서는 평가를 받는 글이다. '나' 중심의 글이 아닌, '평가자' 중심의 글로 전환되어야 한다. 결국 다른 사람에게 자신의 글을 확인 받는 과정이 중요하다. 비록 인사담당자나 취업 컨설턴트에게 글을 확인 받기 어렵다고 한다면, 주변의 사람에게라도 글을 확인 받는 것이 중요하다. 내가 보지 못한 부분이나 글의 어색한 부분, 이해되지 않는 부분은 나보다 타인이 더 잘 확인할 수 있기 때문이다. 특히 자소서를 처음 작성하는 지원자의 경우에는 반듯이 작성 후에 다른 사람의 검증이 꼭 필요하다.

자소서 작성 '전', '중', '후'를 통해 자소서 통과를 높일 수 있는 방법에 대해 확인해 보았다. 첫 직장의 선택은 당신의 미래를 좌우할 수 있을 정도로 중요하다. 신중하고 소신 있는 지원, 자신의 역량을 최대한 발휘할 수 있는 기업과 직무를 선택하여 자신의 원하는 회사에서 근무하길 바란다.

3 하나의 질문에는 하나의 소재만!

과유불급: 지나친 것은 미치지 못한 것과 같다

"질문 문항 하나에는 하나의 소재만 구체적으로 작성하세요!" 라고 첨삭 때 아무리 강조해도 막상 첨삭된 자소서를 보면 한 문항에 여러 가지 방향으로 소재가 벗어나는 경우가 많다. 그 이유를 알아보면 2가지 이유가 있다.

1 … 한 문항에 자신의 역량을 많이 표현한다.

표현하고 싶은 역량이 많다보니, 여러 가지 역량을 많이 넣는 경우가 종종 있다. 물론 최대한 자신의 역량을 드러내는 것은 좋지만, 한가지의 역량을 설득력 있게 표현하는 것도 중요하다. 아래의 예시를 통해 구체적으로 알아보도록 하자!

[질문 문항] 남들과 차별화된 역량을 작성하시오!

(500자/MD직무 지원자)

〈거래처 관리력〉

AMD 근무 당시 오전에 판매자 메일을 체크하고 앞으로 진행할 기획전에 대해 상품 취합판매자와 협의 후 프로모

션 될 상품들에 대해 가격조율을 통해 지속적인 거래처 관계를...(생략)

〈재고 관리〉

재고를 잘 관리하지 않으면 판매, 매출관리, 행사기획 및 상품 기획까지 어려울 수 있으므로 재고의 중요성..(생략)

〈상품과 이미지 등록〉

온라인은 오프라인과 다르게 상품 이미지에 따라 매출이 달라진다고 생각합니다. 새롭고 전문화 상품일수록 상품 이미지가 중요하다고 생각...(생략)

위의 예시는 지원자가 3가지의 역량을 남들과 차별화된 역량으로 설명하고 있다. 3가지 설명 모두 구체적인 사례 중심 보다 이 역량이 중요한 이유를 설명하고 있다는 점이다. 평가자 입장에서 보면 다양한 역량을 환영하지만, 실질적으로 이 지원자가 이 역량을 수행할 수 있을지 의문이 들 수 있다. 제한된 글자 수에서는 한 가지의 역량을 구체적인 상황 속에서 지원자가 어떻게 구체적으로 활용하는지 표현되어야 한다.

2 … 자신도 모르게 2가지 소재를 작성하는 경우

자신도 모르게 2가지 소재를 작성한다는 것은 무슨 말일까? 처음에 쓰려고 주장과 뒤에서 하는 주장이 일치 되지 않는다는 것이다. 이렇게 되는 대부분은 글의 결론 점에서 다른 주장 내놓기 때문이다. 예를 들어, 처음에는 책임감이 중요하다고 강조하고 책임감과 관련된 배경, 사건, 책임감을 발휘했던 행동까지 잘 작성하고는 결론에 이르러서 '책임감도 중요하였지만, 소통도 중요하다는 것을 느끼게 되었다. ○○회사에 지원 시 소통을 잘하는 지원자가 될 것이다'고 작성해버리는 것이다. 즉, 작성자가 글을 작성하고 결론을 생각하다 보니 책임감 외 다른 여러 가지 요소도 중요하다는 것을 알게 되어버리는 경우가 많다.

하나의 질문에는 하나의 소재를 잘 작성하기 위한 방법

1 … 문항의 질문과 글자 수 확인하기

문항에 '필요한 역량 3가지 이상 기술하시오!' 라고 명시되었을 경우, 반드시 3가지의 역량을 표현해야 한다. 이러한 항목이 아니라면, 최대한 직무에 연관된 역량 한 가지를 구체적 사례를 넣어 작성해야 한다. 글자 수가 500 ~ 1000자

4 올바른 소제목 작성이 평가자에게 긍정적 관점을 가지게 한다

☑ 입사지원서 검토 시간 평균 10.5분

인사담당자의 입사지원서 평균 확인 시간이다. 지원자가 며칠을 고민해서 작성한 입사지원서 시간에 비하면 너무나도 짧다. 하지만 인사담당자는 정해진 시간에 몇 천 장을 읽고 평가하고 합격여부를 판단해야 한다. 그러다보니 입사지원서 확인 시간이 짧아 질 수밖에 없다. 결국 인사담당자에게 짧은 순간 임팩트 있는 영향력을 주어야 한다.

☑ 소제목은 양날의 검이다?

오랫동안 자소서를 첨삭하다 보니 소제목이 양날의 검 같은 생각이 많이 든다. 소제목을 잘 표현하면, 지원자의 자소서 전체가 긍정적인 반면, 소제목을 잘못 작성 되었다면, 아무리 좋은 자소서를 작성해도 계속 부정적인 방향으로 흐르기 때문이다.

또한, 소제목을 본문의 내용 전체를 한 번에 표현하려고 하다 보니 임팩트 있는 소제목, 인상 깊은 소제목 작성이 자칫 소제목 본질을 흐리게 한다. 영화의 제목을 패러디 하거나, 속담, 사자성어 등을 이용하기 쉽다. 이처럼 양날의 검이 될 수 있는 소제목을 어떻게 써야 할지 알아보자.

☑ 좋은 소제목의 조건

1 … 글 소재의 행동요소와 결과 값이 포함된 소제목

좋은 소제목이 되기 위해선 2가지 요소가 필요하다. 소제목 키워드에 소재의 행동적 요소를 설명하고, 행동을 통한 결과 값을 나타내면 좋다.

다음의 사례를 통해 구체적으로 알아보자.

[자산관리는 효율적으로]

은행은 고객의 자산을 효율적으로 관리하여 고객이 윤택한 삶을 살 수 있게 만드는 역할을 수행합니다. 저는 자산관리 수업이나 CFP 취득을 통해 은행의 PB 분야에 오랫동안 관심을 가져왔습니다…(생략)

자산관리를 책임감을 바탕으로 수행하겠다는 소제목이다. 하지만 좀 더 보완할 필요가 있다.

지원자의 책임감이란 어떠한 책임감인지 더 구체적으로 표현되어야 하며, 그 결과 어떠한 자산관리가 될 것인지 표현되어야 한다.

위 소재로 수정한다면, [CFP ○○○ 지식에 기반 한 ○○○한 자산관리] 가 될 수 있다. CFP 자격증 내용 속 지식을 통해 어떠한 자산관리가 될 수 있는지 좀 더 구체적으로 작성하면 좋다.

2 … 소제목의 단어는 구체적이어야 한다

소제목의 단어는 구체적으로 설명되어야 한다. 소제목의 단어를 통해 생각하거나, 고민하게 된다면, 소제목의 기능 발휘하지 못하게 된다. 소제목의 단어는 다이렉트로 전달될 수 있도록 해야 한다. 예를 들면, 책임감, 성실성, 긍정, 꼼꼼함이란 표현은 추상적이다. 성실성도 여러 가지 성실성의 의미가 있다. 성실성을 구체적으로 표현해 본다면, “새벽 4시에 매일 기상합니다.”, “매일 매일 신문을 배달합니다.”처럼 성실성에 해당되는 자신만의 의미를 도출시켜야 한다.

3 … 소제목은 단어는 긍정적인 단어야 한다

소제목의 단어를 선택할 때는 긍정적인 표현의 단어를 사용하면 좋다. 부정적인 단어사용은 전체 글 이미지에 영향을 준다. 부정적인 단어 중에는 회사생활에 영향을 줄 수 있는 내용도 포함된다. 예를 들면, 아래와 같은 소제목이다.

[남보다 강한 승부욕]

원하는 목표를 달성 해야겠다는 마음이 생기면 불리한 상황이라도 최선의 노력으로 얻어 내려고 하는 성격입니다.

남보다 강한 승부욕은 자칫 회사 동료들 보다 우위를 차지하겠다는 개인적인 욕망으로 비추어 질 수 있다. 물론 치열한 경쟁 사회 속이지만, 남들과 상호작용하는 내용이나 아니면 '남보다'라는 표현은 편집하는 것이 좋다.

마지막으로 소제목 잘 쓰는 팁을 주자면, 소제목은 글을 처음 쓸 때 고민하기보다 글이 다 완성되고 나서 글 속에서 단어를 추출하여 정리하는 것이 가장 좋다. 또한, 소제목은 소재 하나당 1개의 소제목을 표현하는 것이 좋다. 글자 수의 제한이 많다면 소제목과 두괄식 결론을 합친 문장이 서두에 나올 수 있도록 배치하는 것이 적당하다.

5 문장의 첫 시작은 두괄식으로!

첫 문장도 두괄식 결론이 필요한 이유도 인사담당자의 입사 서류 확인 시간과 일맥상통한다. 자기소개서 검토 시간이 충분하지 않기 때문에 핵심내용이 글의 서두에 배치되면 한 번에 내용을 판단하기 쉽기 때문이다.

소제목과 두괄식 결론의 차이?

소제목과 두괄식 결론의 차이는 크지 않다. 다만 오랫동안 첨삭해온 경험을 바탕으로 이야기하자면, 소제목은 지원자의 스토리 중심에서 한줄 정리라고 생각하고, 두괄식 결론은 질문항목의 정답을 제시하는 부분이라고 생각한다.

예를 들자면 아래와 같다.

예시) 10년 후 계획 항목

[○○전자 최고의 멘토가 되기 위한 전략]

10년 후, 저는 후배들에게 최고의 멘토로 선택받는 선배 엔지니어가 되고자 합니다. World IT Show에서 보았던 기술들은 분명 제가 배운 이론지식들을 토대로 발전된 기술임에도 불구하고 새롭고 어렵게 느껴지기만 했습니다. 저와 똑

같은 시행착오를 겪게 될 후배들을 위하여 다음과 같은 준비를 하겠습니다.

소제목은 '○○전자 최고의 멘토가 되기 위한 전략'으로써 10년 후 계획의 전체 글을 포괄적으로 잘 표현되어있다. 두괄식 결론 항목을 보자면, '저는 후대들에게 최고의 멘토로 선택받는 선배 엔지어니가 되고자 합니다' 라고 작성하였다. 질문항목의 10년 후 계획이 무엇인지 답변에 해당 되는 내용은 바로 두괄식 결론이 잘 설명해 주고 있다.

이처럼 소제목은 전체적인 내용을 포괄할 수 있도록 작성하고, 두괄식 결론은 질문항목에 해당 되는 정답을 말해준다고 생각하면 쉽다. 하지만 작성 소재나 질문 항목에 따라 명확하게 구분하여 작성하기 어려울 때도 있다. 소제목과 두괄식 결론이 별도로 작성하기 어렵다면 두괄식 결론을 간단하게 축약하여 소제목으로 사용하고 두괄식 결론에 곧바로 글의 배경이 들어가는 것도 한 가지 방법이다.

〈두괄식 결론〉

질문문항의 정답 = 스토리 배경 + 핵심 행동 + 결과 값

두괄식 결론 작성법을 공식으로 만들어 보았다. 위의 공시처럼 두괄식 결론을 표현하면 구체적이고, 한 번에 글 전체를 파악하기 쉽게 작성될 수 있다.

두괄식 결론 연습

어렸을 때부터 저는 유행을 무작정 좇아가기보다 제가 그 흐름을 만들어내는 사람이 되고 싶다는 생각을 가져보곤 했습니다. 모든 상품은 구매하는 소비자 이해부터 시작한다고 생각합니다. 소비자가 상품을 어떠한 상황에서 구매했는지 그리고 어느 정도 가격과 시기에 판매를 결정하는지에 대한 시장조사를 철저히 해서 상품판매를 하고 싶습니다. 옷가게 아르바이트 당시 저는... (생략) 그러한 결과 옷을 하루에 10벌 이상은 판매할 수 있었습니다. 이를 통해..(생략)

두괄식 결론 첨삭을 하자면, 결론을 표현하기에 첫 문장이 다소 길게 작성 되어 있다. 정리를 하자면 '어렸을 때 ~ 가기보다'까지는 삭제하여도 무방하다. 삭제를 하게 되면 아래와 같이 1차 정리가 된다.

제가 그 흐름을 만들어내는 사람이 되고 싶다는 생각을 가

져보곤 했습니다.

흐름을 만들어 내는 사람이 되고 싶다고 하였지만, 글의 내용을 파악해 보면 소비자의 이해, 소비자가 상품을 어떻게 구매할 것인지를 중점으로 작성 되어 있다. 스토리 배경이 될 부분은 옷가게로 예상되며 핵심행동과 소비자 입장 물건 판매, 결과 값은 하루에 10벌로 정리 될 수 있다. 공식으로 두괄식 결론을 만들어 보자면,

옷가게에서 소비자 입장에 하루에 10벌 이상 판매한 경험이 있습니다.

위의 두괄식 결론과 비교해서 볼 때 훨씬 구체적이고 글을 읽지 않아도 어떤 식으로 글이 전재 될 것인지 예측가능하다. 이렇게 한 줄만 읽어도 글을 예측 가능하도록 만드는 것이 두괄식 결론의 힘이다. 작성하다 보면 꼭 배경, 행동, 결과가 들어 갈 수 없는 소재도 있을 것이다. 그땐, 해당 소재 바탕으로 최대한 두괄식 결론을 작성하고 한 가지만 명확하게 확인하면 된다. 자기소개서 질문 문항의 정답이 되는 문장인지 아닌지를 점검하면 된다.

6 STAR 구조로 서류평가자를 설득하라

자소서를 작성하는 지원자 대부분은 이미 잘 알고 있는 STAR구조다. STAR구조로 작성하는 것은 너무나도 잘 알려진 사실이다. 특별히 STAR 구조를 언급한 이유는 현장에서 STAR 구조로 작성하기 어려운 부분과 자주 실수하는 부분을 말하기 위함이다.

우선 왜 STAR 구조(배경, 사건, 행동, 결과)로 자소서를 작성해야 할까? 서류평가나 면접 때 지원자의 역량을 파악하기 위해 주로 사용하는 기법인 행동기반평가를 실시하게 된다. 즉, 과거의 해동사례를 보고 미래의 성과를 예측하는데 가장 신뢰할 수 데이터가 되는 것이다. 지원자가 입사 후 우리 회사와 해당직무에서 좋은 성과를 낼 수 있을지 아닐지는 지원자의 과거행동과 경험을 보면 알 수 있다는 것이다. 최근 NCS 자소서에서는 행동기반 사례를 작성 할 수 있도록 자세한 가이드를 해 놓고 있다.

금융감독원 자소서 항목

Q 학교생활 또는 교내외 사회활동, 봉사활동 경험 중에서

본인에게 닥친 어려움이나 난관을 극복하기 위해 노력했던 경험을 기술하십시오.

1. **본인에게 닥친 임무**(난관)**는 무엇이며, 어떤 내용인지 구체적인 장소, 인물, 시간 등을 기록하십시오.**
2. **원인을 파악하고 난관을 해결하기 위하여 본인이 취했던 행동은 무엇입니까?**
3. **그 노력의 결과로 문제는 해결되었습니까? 결과**(성공, 실패)**의 이유와 개인적으로 습득한 교훈 등에 대하여 기술해 보십시오.**

위 자소서 항목을 살펴보자면 1번에 해당 되는 것이 ST(배경과 사건), 2번에 해당 되는 것이A(행동), 3번에 해당 되는 것이 R(결과)에 해당 되는 부분이다. 이처럼 NCS를 도입한 공기업의 자소서 항목도 STAR구조로 작성하여 지원자를 평가 할 수 있도록 구조화 되어 있다.

그렇다면 STAR 구조로 작성할 때 지원자들이 어려워했던 부분은 무엇인지 알아보도록 하자.

1 … Situation(배경)

배경 부분에서 어려워하는 부분은 배경을 얼마나 구체적

으로 작성할 것인지에 대해 어려워하는 것이다. 한 지원자는 배경에 일자와 구체적인 장소까지 작성하면서 아주 디테일한 배경을 쓰는 반면, 너무 빈약한 배경을 작성하여 해당 소재가 어디서 일어난 일인지 확인하기 어려울 때도 있다. 정답은 없지만, A4 용기 기준 배경은 1.5줄~2줄 사이가 가장 적합하다. 예를 들어, 팀 과제의 소재 배경을 작성한다고 하였을 때 배경에 꼭 들어가야 되는 내용은 '왜 이 배경 속에 참여하게 되었는지'를 작성한다고 생각하면 쉽다. 가상으로 배경을 작성한다면 아래와 같은 내용을 작성할 수 있다.

같은 학과 팀원들과 함께 친환경 소재 아이디어 공모전을 수행한 경험이 있습니다.

2 … TASK(사건)

아마도 지원자 분들이 힘들어 하는 부분이 사건내용 작성이다. 예를 들면, 팀원들과 갈등 사항을 조율했던 경험을 작성하라고 했을 때는, 사건 내용 속에 팀원과 지원자 사이에 갈등상황이 묘사 되어 있어야 하는데 막상 사건내용을 작성할 때 지원자의 내용은 빠져 있고 팀원의 갈등만 묘사가 되어 있는 지원자가 대부분이다. 이처럼 사건내용을 작성하기 어려운 것은 모든 경험이 꼭 사건이 있어서 행동하였기 보단, 알게 모르게 그 경험 속에서 자연스럽게 행동하였던 이야기를 자기소개서에 작성하다 보니 사건의 내용을 작성하기 어렵게 된다. 모든 일이 이유 없이 발생되지 않는 것처럼, 사건내용 작성이 어려울 때 본인의 행동했던 일들을 천천히 살펴보면서 왜 그러한 행동을 유발했는지 다시 한 번 점검해보기 바란다.

3 … Action(행동)

행동부분에서 가장 많이 하는 오류는 행동을 작성하였지만, 행동이 드러나지 않는 경우가 대부분이다. 사건에 대한 행동은 작성되어있지만, 그 행동을 '어떻게' 수행되었는지 구체적으로 묘사하지 못하는 경우가 대부분이다. 예를 들면, 팀원들과 소통을 위해 지원자가 한 행동으로는 '첫째 팀원들과 소통을 위해 각 팀원들의 이야기를 구체적으로 들었습니다' 이렇게 표현하는 것이 대부분이다. 여기서 더 구체적으로 들어가야 하는 부분은 어떻게 들었는지 이다. 예를 들어 '팀원들의 이야기 중 갈등사항의 핵심 요소 키워드가 있는지, 말하면서 뭔가 불편함을 숨기고 있는 것은 아닌지, 표현을 잘 못하는 팀원은 열린 질문형식으로 물어보면서 이야기를 들었습니다' 처럼 구체적으로 이야기를 지원자 '어떻게' 들었는지가 묘사되어 있어야 한다.

4 … Result(결과)

결과 내용에서 주의해야 할 점은 결과를 작성하고 보통 느낀 점을 작성하는데, 본인의 핵심행동의 키워드로 느낀 점을 작성하기 보다는 결과 값을 작성하고 나서 또 다른 핵심키워드를 작성한다는 것이다. 핵심 행동에서는 소통을 주장하다가 결과 및 느낀 점에서는 팀워크의 중요성도 알게 되었다는 식으로 관점이 달라질 경우가 있는 것이다. 결과 및 느낀 점을 작성할 때는 이를 주의해야한다.

실질적으로 지원자들이 가장 힘들어하는 부분에 대해 각 STAR 구조 항목별로 알아보았다. 별도로 STAR구조에 대해 자세한 설명보다 가장 주의해야할 점을 중점적으로 알아보았는데 실질적으로 자기소개서를 STAR구조로 작성하기보다는 1차적으로 글 쓰고 싶은 대로 작성하고 STAR구조 틀을 만들어 놓고 1차로 작성한 글을 토대로 정리하면 좀 더 쉽게 STAR 구조로 작성할 수 있다.

7 완료된 자소서, 꼭 첨삭 받아라!

자기소개서를 첨삭하다 보면 많은 지원자들이 의외로 자기소개서 첨삭받기를 꺼려한다. “첨삭 받아 본 경험이 있나요?”라고 물어보면 대부분의 지원자들은 없다고 말하거나, 친구들한테 보여준 적이 있다고 말한다. 우선 친구들한테 자기소개서를 보여주고 피드백을 받은 학생들은 그나마 다행이다. 친구들이 지원자 자기소개서를 읽고 나서 문제점을 발견하고, 수정한다면 기존의 자기소개서 보단 훨씬 더 좋은 내용이 나올 수밖에 없기 때문이다. 하지만 친구들에게 받는 첨삭도 문제점은 있다. 우선 전문적으로 자기소개서를 첨삭하지 않다 보니 첨삭의 내용이 두리뭉실할 수 있고, 어떻게 수정해야 할지 명확하게 피드백하기 어렵기 때문이다. 또한, 친구관계이다 보니 피드백 수준이 다소 약하게 나올 수밖에 없다.

하지만 더 큰 문제는 한 번도 첨삭 받아 본 경험이 없는 지원자이다. 지원자 입장에서는 스스로가 쓴 자기소개서이기 때문에 본인에게는 납득될 수 있는 자소서로 보일 수밖에 없기 때문이다. 자기소개서는 평가를 받기 위한 글이고, 평가자가 자기소개서를 읽기 쉬워야 하고, 이해하기 쉽도록 작성되어야 한다. 작성자 본인은 이미 다 경험하였고 충분히 이해할 수 있는 상황적 맥락을 가지고 있지만, 글을 읽는 평가자에게는 그러한 맥락이 충분하지 않다. 기본적으로 자기소개서를 읽어보는 시간이 매우 짧기 때문에 빠르게 대충 읽는데 무슨 내용이지 이해되지 않는다면 당연히 자기소개서 좋은 점수를 받기 어렵다.

그렇다면 무조건 완성된 자기소개서를 첨삭 받는 것이 최선의 방법일까? 수많은 지원자의 자소서를 첨삭하다보면 자소서 항목 콘셉트가 맞지 않아 첨삭할 때 많은 조언을 하기 어려운 경우가 많다. 이럴 때는 우선 항목에 맞는 소재변경을 권할 수밖에 없는데, 다른 문장에 쓰인 내용이나, 단어, 소제목, 두괄식 결론 등 실질적으로 필요한 첨삭을 받지 못하는 경우가 빈번하다. 첨삭 받기 전에는 최소한 셀프 자소서 첨삭을 우선적으로 해야 한다.

☑ 셀프 자소서 첨삭 순서

1. 자기소개서 문항의 의도를 분석하고, 문항에서 요구하는 소재를 사용하였는지 점검한다.
2. 정리된 자소서 내용에 STAR 구조 형식으로 구분되어 작성되었는지 확인한다.
3. 소제목과 두괄식결론이 해당 소재내용의 키워드가 잘 표

현되어 있는지 확인한다.

4. 소제목, 두괄식결론, 소재 내용 속 행동, 느낀 점과 회사 적용점이 일치된 키워드로 작성 되어 있는지 확인한다.
5. 자기소개서를 출력하여 소리 내어 읽어보고, 매끄럽지 않는 구간을 수정한다.
6. 수정된 자기소개서를 3일정도 보지 않고, 3일 이후 다시 확인하였을 때도 문제가 없다면 첨삭을 받도록 한다.

왜 3일정도 시간 이후 다시 점검해야 할까? 자기소개서 작성 당시 이미 적성자의 관점에 변하지 않고 지속되어 있기 때문에 첨삭 포인트가 보이지 않는다. 2~3일 이후에 자기소개서를 보면 그 당시 확인하지 못한 내용들을 발견할 수 있다. 마치 저녁에 감성적인 글을 써놓고 아침에 보면 오글거리는 것처럼 말이다.

셀프자소서 첨삭 이후 최대한 많은 사람들에게 첨삭 받도록 하자. 자기소개서 첨삭하는 사람들의 관점이 다 다르기 때문이다. 물론 모든 관점을 다 반영하여 수정할 필요는 없지만, 다양한 의견을 들어보고 수정 가능한 부분은 고치는 것이 좋다.

우선적으로 교내의 취업센터에 자기소개서 첨삭하는 선생

님을 통해 첨삭을 받아 보는 것이 가장 빠르다. 기회가 된다면 취업 특강 프로그램을 신청하여 외부 전문 취업 컨설턴트에게 자기소개서를 첨삭 받아보거나, 인사담당자 출신 컨설턴트에게 도움을 받는 것도 좋다. 꼭 지원기업과, 지원직무 전문가에게 받아야할 필요는 없지만, 기회가 주어진다면 지원기업과 직무에 일치된 사람에게 더욱더 좋은 피드백을 듣는 것이 좋다. 1번의 첨삭을 받는 것이 끝이 아니라 피드백을 듣고 수정된 자기소개서를 다시 한 번 첨삭하여 문제점이 없는지 철저히 검증하는 단계가 필요하다. 그렇기 때문에 최대한 많은 소재와 지원동기를 입사 지원 전에 가능한 많이 작성해 놓는 것이 지원기간에 유리하다.

Ⅰ 지원동기

[지원동기 구성]

작성 난이도	상 ★★★★★
작성 필요 콘텐츠	지원회사 분석자료, 업종 분석자료, 직무역량자료

[지원동기 작성 학생의 고민]

1. 지원동기를 어떻게 작성해야 할지 모르겠어요

2. 회사의 관심을 어떻게 연결해야 할지 모르겠어요

3. 어떻게 직무역량을 표현하면 좋을까요?

지원동기는 자기소개서 작성부분에 가장 중요하면서 어려운 부분이다. 어려운 이유에는 여러 가지 있다. 솔직히 회사 몇 곳만 선정하여 지속적으로 관심을 가지고 준비한 지원자는 드문데 대부분 취업이 어렵다 보니 모집공고가 날 때마다 이 회사 저 회사 지원하기 때문에 지원동기 작성은 늘 새롭고 어렵게 느껴진다. 여러 군데 지원동기를 작성하다 보니 지원동기 작성 품질은 떨어지고 Ctrl+V 한 자소서로 보일 수밖에 없다.

하지만 중요한 사실은 서류평가자는 자기소개서 내용 중 지원동기를 가장 중요하게 평가한다는 점이다. 우선 "왜 우리 회사에 지원했는지?" 부분을 중요시 생각한다. 같은 산업과 직무라도 다양한 회사 중 왜 우리 회사에 들어오고 싶은지 진정한 관심과 열정을 넘어 애사심 있는 지원자를 뽑고 싶어 한다. 채용과정에서도 기업은 막대한 자금을 사용하여 회사에 꼭 필요한 인재를 선발해야 하기 때문에 "왜 우리 회사에 지원했는지?"가 중요할 수밖에 없다.

1 … 지원동기를 어떻게 작성해야 할지 모르겠어요

이렇듯 많은 지원자가 자신의 적성이나 회사의 특성 등을 고려하지 않고 여기저기 지원서를 내고 있다. 즉, 취업만을 위한 취업을 하고 있는 것이다. 기업은 자소서를 통해 그 사람이 어떠한 의도로 입사를 희망하게 되었고, 입사 후에는 어떤 자세로 임할 것인지, 장래성은 어떠한지 판단하게 된다.

2 … 회사의 관심을 어떻게 연결해야 할지 모르겠어요

그러므로 혹여나 아무 곳이나 지원하다 보니 원서를 내게 됐다는 인상을 풍겨서는 안 된다.

설사 그렇더라도 진심으로 이 회사를 좋아해서 또는, 이 회사가 자신에게 잘 맞아서 지원하게 됐다고 서술해야 한다. 그러자면 회사와 나의 연관성이나 직무 적합성 등을 적절하게 엮어 내면서 오래도록 이 회사의 입사를 준비해 왔거나 서로 잘 맞기 때문에 지원하게 되었다는 바람직하다.

지원동기는 해당 기업과 직접 연관이 있는 내용을 구체적으로 언급하는 것이 좋다. 일반적인 내용을 편다면 동기는 뚜렷하게 느껴지지 않는다. 해당기업의 특성과 자신의 능력 경험을 연결시켜 지원동기를 언급해야 한다. 이를 위해서는 앞서 이야기 한 대로 해당 기업에 대해 철저하게 연구하는 것이 필요하다. 연구한 것을 바탕으로 기업에 대한 애정, 직무에 대한 목표의식, 일에 대한 열정, 미래에 대한 비전 등을 구체적이고 명확하게 서술하면서 지원동기를 작성해야 한다.

3 … 어떻게 직무역량을 표현하면 좋을까요?

그러자면 자신의 성격이나 전공, 사회경험 등 지원하는 회사에 들어가기 위한 노력의 과정이 있었다는 걸 서술하면서 목표의식을 보여주는 것이 필요하다. 즉, 직무와 관련하여 어떤 성취를 할 수 있는지, 그러한 성취를 가져올 수 있는 구체적 목표를 수립이 되어 있는지 또, 성취를 이루기 위한 기본 소양과 조직원들과 협업할 능력을 보유하고 있는지 살펴보아야 한다. 기업 성장발전에 기여할 수 있다는 능력 회사의 부족한 부분을 보완하고 개선해 나가겠다고 어필 할 수 있어야 한다.

이처럼 나의 특징과 회사의 특성을 톱니바퀴처럼 정확하게 일치시켜 지원하게 된 동기를 삼는다면 인사담당자의 마음에 드는 자소서가 될 수 있다. 구체적인 이야기 없이 이 회사에 기여하기 위해, 회사와 함께 성장해 나가기 위해, 배움을 이어나가기 위해 이러한 회사에 노력에 동참하기 위해, 회사의 발전이 나의 발전이라고 생각해 등은 오히려 거북함을 줄 수 있다는 걸 유의해야 한다.

지원동기

○○○는 세계적인 제약사로서 제약 산업의 선두에 있으며 국내 다국적 제약사 중 매출 1위라는 실적을 가지고 있습니다. 타 제약회사와의 활발하게 전략적 제휴를 맺는 등 항상 성장하는 모습으로 신뢰감 있는 회사의 이미지를 가지고 있습니다.

1. 저는 약품영업을 잘 할수 있게 때문에 지원하였습니다.

한약학과를 4년째 다니면서 약물학, 생화학, 생리학, 미생물학, 물리약학, 약제학 등을 배웠습니다. 영업을 하려면 약에 대해 잘 알아야 한다고 생각합니다. 예를 들어 신약에 대한 정보가 업데이트 되었을 때 다른 전공의 학생들보다 빠르게 이해할 수 있을 것입니다. 학교에서 배운 것들은 영업활동을 하는 데 있어서 바탕이 되는 약에 대한 기초적 지식을 단단히 해줄 것입니다.

2. 저는 사람만나는 것을 무척 좋아합니다.

학과에만 있으면 사람 만나는 것이 한정되어 있다는 생각이 들어 카네기 글로벌 리더십 코스를 신청하였습니다. 카네기 글로벌 리더십 코스는 자신감, 인간관계, 리더십, 소통,

걱정 관리를 통해 글로벌 리더의 자질 개발하고 개인의 핵심 가치, 비전, 강점을 찾아 실질적인 액션플랜을 만드는 삶의 방향성 훈련을 하는 프로그램입니다. 이 프로그램을 통해 다양한 전공의 사람들을 만날 수 있었고 그들의 다양한 생각과 다양한 고민거리에 대해 소통할 수 있었습니다. 새로운 사람을 만나고 이야기하는 것을 좋아하는 저는 프로그램을 하는 매일 매일이 즐거웠습니다. 리더십 코스 수료 후에도 엠티를 같이 갈 정도로 친한 친구들이 되었습니다.

영업을 하는데 있어 사람을 만나는 것은 매우 중요한 요소라고 생각합니다. 저의 이러한 사람 만나는 것을 좋아하는 성격은 영업을 하는데 있어 밑바탕이 되는 인성이라 자부합니다.

3. 과거 여러 경험을 통해 약품영업이 적성에 맞고 잘할 수 있다는 생각으로 지원하게 되었습니다.

과거 아르바이트를 통해 적성을 찾을 때 삼성전자 컴퓨터 사업부에서도 일을 해보았지만AC 닐슨에서 직접 사람을 찾아가 이야기하고 설명해주던 일이 가장 마음이 편하고 보람도 컸었습니다. 물론 마케팅이라는 것이 마냥 쉽지는 않을 것입니다. 그러나 제가 마케팅을 하게 된다면 기존의 경험을 바탕으로 ○○○에 도움이 되는 인재로 거듭날 것입니다.

2 성장과정

[성장과정 구성]

작성 난이도	중 ★★★
작성 필요 콘텐츠	회사의 인재 상, 회사의 가치관, 자기분석

[성장과정 작성 학생의 고민]

1. 성장과정을 어떻게 쓰면 좋을까요?

2. 부모님 이야기 쓰면 안 될까요?

3. 회사의 인재상과 가치관에 해당하는 내용이 없다면 어떤 내용으로 쓸까요?

성장과정은 지원자가 어떠한 환경 속에서 지내왔고, 어떠한 가치관을 가지게 되었는지 확인하는 항목이다. 그러다보니 아직도 많은 지원자들이 성장과정에 부모님에게 영향을 받았던 내용으로 작성하게 된다. 하지만 역지사지 입장으로 살펴보자면, 성장과정 또한 평가의 항목이다. 평가자 입장에서 자소서를 작성해야 한다는 점을 잊지 말자.

1 … 성장과정을 어떻게 쓰면 좋을까요?

성장과정 또한 평가자 입장에서 작성되어야 한다. 그렇다면 평가자는 어떤 부분을 확인하는 것인가? 다양한 의견이 있지만 정리해보자면, 회사의 가치, 인재 상 2가지의 포인트로 좁혀진다. 지원회사 홈페이지를 확인하면 회사가 추구하는 가치관이 있고, 원하는 인재 상에 대해서 정리돼 있다. 가치관과 인재 상 키워드에 맞는 본인의 경험을 연결시켜 작성해야 한다. 예를 들면 변화추구의 가치관이 있다면, 성장과정 중 변화를 추구했던 경험을 작성하면 된다.

2 … 부모님 이야기 쓰면 안 될까요?

워낙 많은 지원자들이 부모님 이야기를 잘못 사용하고 있기 때문에 성장과정에 부모님 이야기를 쓰지 말라는 주장이 더욱 부각되고 있다. 그 이유는 부모님에게 영향 받은 과정 중심으로 작성하기 때문이다. 성장과정에 표현되어야 할 부분은 부모님에게 영향 받은 부분을 지원자가 어떻게 경험하고 있는지 중심으로 내용이 작성되어야한다. 많은 학생들이 부모님에게 영향 받은 내용만 가득 채우다보니 위와 같은 질문이 나오는 것이다. 예를 들어, 부모님에게 솔직함에 대한 영향을 받았다면, 지원자가 솔직하게 행동했던 본인만의 사례를 성장과정에 작성하도록 하자.

3 … 회사의 인재상과 가치관에 해당하는 내용이 없다면 어떤 내용으로 쓸까요?

회사의 가치관, 인재 상과 관련된 경험을 작성하려다 보니 막상 자신에게 해당되는 사례가 없을 수도 있다. 만약 사례가 없다면 성장과정에 평가 포인트로 사용할 수 있는 소재는 2가지 종류가 있다.

1) 성격의 장단점 항목이 없다면 직무에 도움이 될 수 있는 태도 내용으로 작성하자.

2) 성격의 장단점 항목이 있다면, 직무에 관심을 쌓기 위해 노력했던 경험을 작성하자.

3) 위 1, 2항목에 맞는 것이 없다면, 최대한 조직원들과 잘 어울릴 수 있는 팀워크 경험을 강조해보는 것도 좋다.

1번 문항은 말 그대로 성격의 장점과 관련된 내용을 성장과정에 작성하면 된다. 다만 성격의 장점으로 어필하기 보단 이러한 장점을 성장과정 속에서 영향을 받았고, 그것과 관련된 경험에 대해 사례를 들어 작성하도록 하자.

성장과정 (일반기업 회계팀 지원)

[숫자와 블록 쌓기를 좋아하던 아이였습니다]

어린 시절부터 숫자를 좋아했습니다. 계산기를 두드리며 같은 숫자가 나오도록 사칙연산을 하고 달력을 보면서 같은 숫자가 나오도록 가로, 세로, 대각선으로 숫자를 더하고 빼보곤 하였습니다. 학창시절에도 산수, 수학에 흥미가 있었고 다른 과목들보다 이들 과목에서 좋은 성적을 거뒀습니다. 숫자를 이용하는 학문은 보다 논리적이고 체계적이어서 그런 것을 좋아하는 저와 잘 어울린다고 생각합니다.

레고, 테트리스와 같은 블록 쌓기를 좋아하고 공간지각능력이 우수했습니다. 시골 할머니 댁에 가면 돌로 쌓아올린 담장과 벽면을 보면서 어떤 방식으로 차곡차곡 쌓여져 있는지 유심히 관찰하곤 하였습니다. 대학생이 되어서 처음 회계원리를 공부할 때 대차대조표가 마치 어린 시절에 보았던 레고, 테트리스, 할머니 댁의 돌담과 같았습니다. 숫자를 좋아하고 블록 쌓기를 좋아했던 제가 회계공부에 발을 들여놓은 것은 어쩌면 천운이라는 생각도 들었습니다.

회계를 좋아했고 회계에 자신이 있었기에 공인회계사에 도전하였습니다. 주변에서 고시폐인들도 봤었기 때문에 시험을 3년 안에 끝내자고 마음먹고 시작했습니다. 하지만 공부가 한창 재밌고 잘되던 시기에 첫사랑에게 배신당하여 처음으로 정신 줄을 놓을 만큼 방황의 시기를 겪었습니다. 당연히 공부도 제대로 못하였고, 정신을 차린 후에 열심히 공부를 하였지만 3년 안에 공인회계사가 되지는 못하였습니다. 하지만 후회는 하지 않습니다. 그 시간들을 겪어내면서 제 자신과 제 인생에 대해 되돌아보고 배운 것들이 많았기 때문입니다.

이제는 평소에 관심 있고 선망의 대상이었던 XX기업에 입사하여 제가 좋아하고 자신 있는 회계분야에 대한 실무를 맡아 열심히 하겠습니다.

하나의 주제를 더욱 구체적으로 설명하면서 특별한 이미지를 만들어내는 것이 낫다. 이때 이미지는 가급적 지원하는 회사의 인재상이나 직무와 관련된 것이면 좋다.

3 성격의 장단점

[성격의 장단점 구성]

작성 난이도	하★
작성 필요 콘텐츠	회사의 인재 상, 회사의 가치관, 자기분석

[성격의 장단점 작성 주의점]

1. 지원자 자신의 장점이 아닌, 직무수행에 필요한 장점을 작성하라

2. 단점내용은 회사 업무에 지장을 주지 않는 단점

3. 단점 작성은 반듯이 극복과정과 극복의 지속성이 표현되어야 한다

성격의 장단점은 학생들이 가장 쉽게 접근해서 작성할 수 있는 항목이다. 가장 쉽게 작성할 수 있다 보니 공통적으로 흔한 소재들이 많이 나오는 항목이기도 한다. 예를 들면, 대부분 장점은 공감, 소통, 긍정, 열정 등의 소재로 많이 사용하고, 단점은 끈기, 꼼꼼함, 시간관리, 체력 부족 등을 소재로 작성하기 쉽다. 하지만 서류평가자 입장으로 보자면 진부한 내용으로 보이기 쉽다. 서류평가자 원하는 성격의 장단점 주의점에 대해서 알아보자!

1 … 지원자 자신의 장점이 아닌, 직무수행에 필요한 장점을 작성하라

많은 지원자들이 장점문항을 작성할 때 '자신의 장점'을 작성해버리는 것이 문제가 된다. 장점 문항에 작성할 부분은 '지원 직무에서 요구되는 태도적인 측면을 작성하는 것'이 중요하다. 예를 들어, 편의점 아르바이트라면, 친절한 고객 응대, 고객 컴플레인 대처 등 각 직무의 특성마다 필요로 하는 태도들 중 본인과 일치되는 장점을 작성하는 것이 좋다.

2 … 단점 내용은 회사 업무에 지장을 주지 않는 단점

단점을 작성할 때 회사업무에 영향을 줄 수 있는 단점을 작성하는 지원자가 종종 있다. 물론 자신의 단점을 솔직하게 표현하고 극복하였다 할지라도 최대한 회사 업무에 영향을 줄 수 있는 단점내용을 피하는 게 좋다. 특히 각 지원 직무마다 신경써야할 부분이 있는데 예를 들면, 금융업 관련해서 단점 내용에 숫자에 약하다거나, 계획성이 부족하다, 꼼꼼하지 않다는 단점 내용은 작성하지 않도록 해야 한다.

3 … 단점 작성은 반듯이 극복과정과 극복의 지속성이 표현되어야 한다

단점 항목의 의도는 지원자가 그 해당 단점을 인식하고,

극복하기 위해서 어떠한 노력을 하였고, 지속적으로 유지하고 있는지 확인하기 위해 작성하는 문항이다. 비록 장단점을 쓰는 항목의 글자 수가 부족하더라도 단점 극복 과정과 지속성을 보일 수 있도록 작성하는 것이 좋다.

성격의 장단점

[목표에 대한 강한 추진력과 의지]

목표에 대한 추진력과 의지가 강한 성격으로, 다짐한 일을 이루려는 집념이 있습니다. 실제로 영업기획에 재직 하면서 매장환경 최적화를 우선 목표로, 새로 담당을 맡은 매장의 반품 LOSS문제를 해결하기도 하였습니다. 반품과정은 매장 반품상품 스캔, 반품상품 물류 전달, 물류스캔, 업무관리 전산재고 확정 순이었습니다.

그런데 한 매장에서 예정반품 물량대비 물류스캔 물량이 적어 LOSS가 생겼습니다. 매니저와 매장 직원은 LOSS에 불만사항이 컸고, 저는 이 문제를 해결해야 매장이 원활히 돌아갈 수 있다고 생각하였습니다. 그리하여 계속해서 업무관리, 물류담당자와 소통하면서 문제의 실마리를 풀어갔습니다.

결론적으로 매장에서 반품물량을 알맞게 보냈지만, 물류담당자의 실수로 미스 캔 된 내역이 많았음을 알 수 있었습니다. 이에 관리부에 요청해 모든 미스 캔을 해결하고, 전산과 실 재고를 맞출 수 있었습니다. 매장환경 최적화를 향한 목표를 이루고, 매장매출에 보탬이 될 수 있었습니다.

이와 같은 집념으로 매 순간 목표달성과 나은 발전을 위해 노력하는 사원이 되겠습니다.

4 입사 후 포부

[입사 후 포부 구성]

작성 난이도	상 ★★★★★
작성 필요 콘텐츠	기업분석, 업종분석, 직무역량분석

[입사 후 포부 작성 학생의 고민]

1. 입사 후 포부를 어떻게 작성해야 할지 모르겠어요

2. 어떠한 포부를 작성해야할지 모르겠어요

3. 입사 후 포부 실행 계획 작성 주의점

입사 후 포부는 지원동기 다음으로 가장 어려워하는 항목이다. 가장 어렵게 느껴지는 이유는 우선 해당 기업의 제품과 산업 전망에 대해 분석이 부족하기 때문이다. 또한, 지원 직무의 경력개발경로를 정확히 파악하지 못하고 입사 후 포부를 작성하는 지원자가 대부분이다. 입사 후 포부를 작성하기 전에 준비해야 할 점은 기업분석, 업종분석, 직무의 경력개발경로에 대해 정확히 파악하는 것이 좋다.

1 … 입사 후 포부를 어떻게 작성해야 할지 모르겠어요

입사 후 포부의 작성 로직은 간단한다. 두괄식 결론에 가장 먼저 나와야 할 점은 바로 본인이 입사 후에 달성하고 싶은 포부점에 대해 정답을 제시하는 것이다. 간단한 예시를 들자면, (10년 후 ○○○ 전문가가 되는 것이 목표입니다.) 정답 제시 이후 본인이 왜 그러한 포부를 결정하게 되었는지 그 이유를 작성하면 된다. 이렇게 글 앞부분은 입사 후 포부, 왜 그러한 포부를 결정하게 되었는지 2가지만 작성하면 된다. 그리고 나서 10년 후 또는, 몇 년 후 그 포부점을 달성하기 위한 구체적인 전략을 제시하면 된다. 이때는 몇 년 단위로 끊어서 제시하는 것이 좋다.

2 … 어떻게 입사 후 포부점을 작성해야 할지 모르겠어요

입사 후 포부 작성 방법은 이해하였으나, 막상 입사 포부점을 결정해야 할지 어려워하는 경우가 많다. 입사 후 포부점에 대해 결정하기 어려운 이유는 그 동안 지원기업과 직무에 대해 많은 고민을 해오지 않았던 이유가 가장 크다. 빠르게 입사 후 포부점에 대해 알아보자면, 우선 지원직무의 경력개발경로를 확인해 보는 것이다. 경력개발경로를 통해 각 직급을 올라갈수록 어떤 일들을 수행해야 할지 확인 할 수 있다. 그리고 입사를 희망하는 제품이나 서비스형태를 본인의 직무 속에서 어떤 점을 개선할 것인지, 아님 어떤 점을 발전시킬 수 있는지 찾아보는 것이다.

3 … 입사 후 포부 실행 계획 작성 주의점

입사 후 포부의 실행 계획을 작성할 때 주의 점으로는 우선 실행 가능한 계획을 작성하는 것이다. 아무리 좋은 포부일지라도 실행계획이 구체적으로 뒷받침 되지 않는다면 서류 평자자분들을 설득 시킬 수 없다. 실행계획은 구체적으로 무엇을, 어떻게 실행하겠다는 논리로 접근해야 한다. 만약 실행계획이 뒷받침 되지 않는다면 다른 입사 후 포부를 결정하여 작성하는 것이 좋다.

입사 후 포부

[고객에게 믿을 수 있는 상품을 추천하는 AMD]

상품의 정확한 모습과 판매 수량을 통해 고객에게 믿고 구입할 수 있도록 하는 AMD가 될 것입니다. 현재 00회사는 타 판매 사이트에 비해 이미지와 정확한 판매 수치를 보완한다면, 고객들이 좀 더 신뢰할 수 있는 사이트 구성이 될 것입니다. 이를 위해 첫째, 상품 이미지 등록을 할 경우 포토샵을 통해 이미지 조율과 주변 상품 콘셉트에 맞게 알맞게 배치할 것입니다. 특히 상품 특성상 회사 로고를 넣어야 할 경우 소비자들이 로고를 한눈에 알아볼 수 있도록 상품의 구성에 따라 배치에 신경 쓸 것입니다. 둘째, 판매 통계 수치 부분은 장기적 시스템을 도입 또는 엑셀 자동화 프로그램 통해 실시간으로 판매 되는 수치를 고객이 볼 수 있도록 도입할 것입니다. 셋째, 타 경쟁 사이트를 매주 조사하여 차별화된 상품을 발굴 및 등록할 수 있도록 할 것입니다. 특정 상품군을 맡아 주기적으로 경쟁사 사이트를 확인하고, 필요시 해외 사이트에서 인기상품을 발굴하여 차별화된 상품을 고객에게 전달할 것입니다. 이를 통해 000 회사의 온라인AMD 업무를 체계적으로 익히며 MD업무에 성과를 낼 수 있는 인재가 될 것입니다.

지원자는 인턴으로서 구체적으로 자신의 목표를 두괄식 결론으로 잘 제시하였다. 고객들에게 믿고 구입할 수 있도록 할 수 있는 AMD로서 목표점을 제시하였고, 그것을 달성하기 위해 3단계 실행 목표를 구체적으로 작성하였다. 입사 후 포부는 이처럼 앞으로 미래 자신의 직무에서 할 수 있는 업무 내용중심으로 목표점을 제시하고 구체적인 방법을 제시하도록 작성하자.

5 자기소개서 첨삭 Sample

지원동기

수정 전

[저의 강점을 잘 발휘되는 OOO입니다.]

제약영업은 고객은 의사와 약사라는 점에서 고객의 정의가 다릅니다. 때문에 가장 신뢰성이 필요로 하는 곳이 영업이라고 생각합니다. 하지만 이러한 부분이 강점이 될 것이라 생각합니다. 저는 성실한 태도를 가지고 있기 때문입니다. 그 이유는 이전까지 대부분 일한 곳에서 연락이 자주 오기 때문입니다. 그 이유는 저의 성실성 있는 업무수행능력이라고 생각합니다. 남보다 일찍 출근하여 그날 준비를 마쳤고, 다른 동료들이 업무를 빠르게 할 수 있도록 근무환경을 조정하였습니다. 저는 한번도 지각하거나 결근한 적이 없고 매번 일찍 출근하였습니다.

이런 저의 강점을 살릴 수 있는 곳은 제약영업이라고 생각했습니다. 그 중에서 제가 일하기 좋은 기업은 OOO이였습니다. 계속 성장할 수 있는 곳 OOO 이라 지원하게 되었습니다.

[지원동기 첨삭]

1) 우선 소제목이 추상적입니다. 자신의 어떤 강점인지 나타나 있지 않는 추상적이고, 이 강점을 통한 결과가 표현되지 않았습니다. 소제목에는 구체적인 행동사항과 결과값이 표현되어야 합니다.

2) 두괄식 결론의 작성내용이 지원동기의 정답 표현하고 있지 않습니다. 두괄식 결론은 배경과 행동, 결과 값이 표현된 한 가지 문장으로 작성되어야 합니다.

3) 글의 배경과 사건이 작성되지 않았습니다. 지원자는 자신의 강점을 성실한 태도를 강조하며, 자신의 사례를 작성하였지만, 이 사례에 해당되는 구체적인 배경과 사건이 작성되지 않았습니다.

4) 자신의 행동근거를 작성하였지만 해당 사례의 성과가 작성되지 않았습니다. 자신의 행동한 결과에 따른 성과가 필요합니다.

5) 그 중에서 가장 일하기 좋은 기업이란 표현은 추상적입니다. 단순히 가장 일하기 좋은 곳이라고 지원하는 표현은 적극성이 떨어집니다.

수정 후

[한결 같은 모습, 신뢰 할 수 있는 영업맨]

한결 같은 성실한 모습으로 믿음을 줄 수 있는 영업맨이 될 것입니다. 제약영업은 특히 의사와 약사가 주 고객층으로 신뢰할 수 있는 모습이 필수라고 생각합니다. 저는 한결 같은 모습으로 믿음을 쌓은 경험이 있습니다. ○○○지점 매장에서 근무한 경험이 있습니다. 매장 지점장님의 고민은 아르바이트 관리를 어려워하였습니다. 잦은 지각에 근무를 그만두는 직원이 많았기 때문입니다. 하지만, 저는 다른 직원과 달리 남들 보다 일찍 출근하여 그날 업무준비를 하였고, 다른 동료들의 업무를 도와주거나 매장의 부수적인 일까지 찾아서 수행하였습니다. 지점장님은 성실맨이라는 별명을 붙여주셨고, 아르바이트를 그만 둔 이후에도 한동안 한 달에 한 번씩 연락을 통해 같이 일하자고 연락을 계속 주셨습니다. 이처럼 한결 같은 성실한 역량을 발휘 할 수 있는 곳이 제약영업이라고 생각합니다. 신뢰를 가장 핵심 인재 상으로 생각하는 ○○○기업에서 성실맨 영업사원이 될 것입니다.

☑ 성장과정

수정 전

[다양한 배움의 경험]

저는 늘 배움과 경험을 실천해오고 있었습니다. 대학교 시절 커피 동아리를 운영하였고, 스마트폰 판매 경험도 했었습니다. 학과 공부로는 경제학과 철학을 복수 전공하였고, 최근에는 법 관련 주제를 가지고 공부하고 있습니다. 그 뿐만 아니라 IT에도 관심이 많아 블로그도 하고 있습니다. 이러한 성격은 신입사원으로서 큰 강점이 될 것입니다. 제가 ○○○ 신입사원이 된다면 다양한 분야에 관심을 가지고 학습할 것입니다. 이러한 노력을 바탕으로 영업 분야의 전문가가 되어, ○○○회사에 발전을 기여하는 인재가 될 것입니다.

[성장과정 첨삭]

1) 다양한 배움 속 어떠한 역량을 도출하고 싶은지 좀 더 구체적으로 작성되어야 할 것 같습니다.

2) 다양한 경험을 소개하는 것은 좋으나, 다양한 경험 사례 중 한 가지를 구체적으로 표현하여 어떠한 역량을 도출하고 싶은지 설득력 있는 사례로 작성되어야 합니다.

3) 단순 신입사원으로 다양한 분야에 관심을 갖기 보단, 자신의 역량을 바탕으로 어떠한 부분을 기여할 것인지 구체적은 기여점이 작성되어야 합니다.

수정 후

[다양한 배움 속, 판매역량을 개발하다]

대학생 시절 늘 새로운 것을 배우는 것을 좋아하였습니다. 경제, 철학, IT등 전공과 상관없이 학습하였고, 그러한 호기심이 다양한 활동을 하게 만들었습니다. 특히 대학교 시절 커피 동아리활동의 경험을 통해 판매역량을 발견할 수 있었습니다. 커피 동아리 운영을 위해 우선 커피 공부가 필요하였습니다. 단순히 시중에 판매되는 방법으로는 차별성이 없기 때문입니다. 다양한 원두와 로스팅 방법 등을 학습하였고, 다양한 원두 종류 중 시중에 프랜차이즈에 판매되지 않는 맛을 선별하여 판매 전략을 세웠습니다. 학생들의 입맛에 맞춰 시럽의 양을 조절하여 판매하니, 학생들이 커피 판매날에는 동아리 앞에 줄을 서서 기다릴 정도로 인기가 높았습니다. 이러한 배움에 대한 열정은, ○○○회사에 제품에 대해 다양하게 학습하고 적용함으로서 판매 수익에 기여할 수 있는 인재로 성장할 것입니다.

성격의 장점

수정 전

[분석력을 가진 인재]

저는 학교에서 많은 마케팅 프로젝트를 수행하였습니다. 프로젝트를 잘 수행할 수 있던 이유는 분석력이 바탕이 된다고 생각합니다. 마케팅 활동에 꼭 필요한 것 또한, 분석입니다. 이런 프로젝트를 통해 분석력을 많이 기를 수 있었습니다. 분석에 가장 중요하게 생각하는 것은 데이터, 숫자라고 생각합니다. 숫자를 활용한 데이터분석은 설득력을 높이는 방법이 됩니다. 또한, 마케팅 방안에 근거를 마련해 주기도 합니다. 이러한 분석력과 숫자를 다루는 방법을 적용하여 마케팅 관련 프로젝트에서 모두 4.5이상의 성적을 받을 수 있었습니다. 이러한 역량을 바탕으로 제약영업에 분석력을 발휘해 고객확보에 노력하겠습니다.

[성격의 장점 첨삭]

1) 소제목이 추상적입니다. 어떠한 분석력을 가진 인재이고 어떠한 결과가 있었는지 표현되지 않습니다.

2) 두괄식 결론을 좀 더 구체적으로 작성되어야 합니다. 단순 마케팅 프로젝트를 수행한 것이 아닌, 어떻게 지원자가 마케팅 프로젝트를 수행했는지 구체적으로 행동이 작성되어야 합니다.

3) 역량을 많이 기를 수 있다고 추상적으로 작성 되었습니다. 많이 기를 수 있었던 사례가 뒷받침되어야 합니다.

4) 높은 성적을 받은 것은 좋지만, 위 사례는 한 가지 프로젝트를 통해 역량을 표출하고 결과 값을 얻은 내용이 아니다보니 설득력이 떨어집니다.

5) 어떻게 고객을 확보할지 구체적으로 작성 되어야 합니다. 좀 더 위의 역량을 바탕으로 구체적으로 작성하면 좀 더 구체적으로 작성 될 것입니다.

수정 후

[숫자를 통한 분석능력, 마케팅 프로젝트 4.5를 받다.]

저는 숫자를 활용한 데이터 기반 마케팅 ○○○프로젝트를 성공적으로 수행한 경험이 있습니다. 학교 마케팅 수업에서 ○○○프로젝트를 과제를 수행하였습니다. 우선 ○○○

프로젝트를 하기 위해 기초적인 정보 파악이 필요하였습니다. 다른 팀원들은 정보에 대한 의미와 해석을 위주로 한 반면, 저는 공통적인 정보를 엑셀로 카운팅하여 정보 데이터를 구축하였습니다. 그것을 기반으로 조원들에게 데이터를 통한 설득을 통해 ○○○이란 부분을 강조하는 마케팅을 하자고 결정하였습니다. 이것을 바탕으로 과제 프로젝트를 수행하니 교수님이 데이터를 활용한 마케팅 부분에 높은 점수를 주었고, 숫자를 활용한 분석을 활용하니 자연스럽게 마케팅 수업에도 4.5성적을 받을 수 있었습니다. 이러한 역량을 바탕으로 고객의 정보를 카운팅한 데이터 기반 마케팅으로 고객확보에 노력하겠습니다.

☑ 성격의 단점

수정 전

[모르는 것이 있다면 넘어가자]

저는 모르는 것이 있으면 끝가지 파악하려는 성격을 가지고 있습니다. 이 부분이 좋을 때고 있고 나쁠 때도 있는 것 같습니다. 일을 빨리 진행해야 하는 상황에 높은 호기심과 알려고 하는 성격이 일을 느리게 만들었습니다. 그래서 종종 시간이 많이 지체되는 경우도 있었습니다. 아르바이트를 할 때에도 이러한 노력 때문에 퇴근이 늦어지는 경우도 있었습니다. 이러한 단점을 고치기 위해 호기심을 줄이고 일을 빨리 진행하려고 노력합니다.

[성격의 단점 첨삭]

1) 소제목이 부정적입니다. 단순 모르는 것을 넘어가자는 것이 아닌, 이 단점을 어떻게 보완하고 있는지 긍정적인 표현으로 수정해야 합니다.

2) 장점, 단점을 있다는 식의 의견제시 보다, 한가지 의견으로 명확하게 작성자의 의도를 정리하는 것이 좋습니다.

3) 지원자의 단점 극복사례가 제시 되어야 합니다. 위 단점을 극복하기 위한 극복과정으로 사례로 설명하고 설득시켜야 합니다.

수정 후

[많은 관심보단, 핵심을 파악하겠습니다.]

저는 모르는 것이 있다면 끝까지 파악하려는 호기심이 많습니다. 다양한 호기심은 일을 진행해야 하는 상황에 일의 속도를 느리게 하는 것 같았습니다. 다양한 관심보단 핵심에 좀 더 집중하여 관심을 가지기로 결심하였습니다. 팀 과제를 진행할 때 과제의 여러 부분을 관심을 가지기 정보를 찾기보단, 팀 과제의 결과물에 관심을 가지고, 결과물이 잘 나올 수 있는 방법에 대해 관심을 가지면 팀 과제를 수행하였습니다. 그 결과, 평소보다 일찍 팀 과제를 마무리 할 수 있었습니다. 이렇게 핵심에 집중하는 호기심을 가질 수 있도록 지속적으로 관리할 것입니다.

☑ 입사 후 포부

수정 전

[중간관계를 잘 잡는 신입사원이 되겠습니다.]

제약영업에 있어 중요한 점은 고객과 회사의 중간다리 역할을 가장 잘하는 것이 중요하다고 생각합니다. 제약영업은 고객과 회사의 입장을 조율하여 반영하는 일이 중요하기 때문입니다. 저는 대학시절 동아리 활동을 하면서 대부분 팀장으로 활동해 왔습니다. 적극적인 열정도 있지만, 구성원들을 잘 이끄는 힘이 있기 때문입니다. 그러한 성격으로 항상 팀장을 할 수 있었습니다. 이러한 활동은 000의 영업인재가 가져야할 소통역량이라고 생각합니다. 제가 가진 이 역량을 바탕으로 고객과 회사 입장을 잘 조율하는 인재가 될 것입니다.

[입사 후 포부 첨삭]

1) 입사 후 포부를 중간관계를 잡는 다는 목표를 제시한 것은 다소 추상적으로 볼일 수 있습니다. 어떻게 중간관계를 잘 잡는 신입사원이 될 것인지 구체적인 행동을 표현해야 합니다.

2) 중간관계를 어떻게 증진시킬 것인지 자신의 입사 후 계획을 작성해야 합니다. 자신의 과거 근거를 제시한 점은 좋으나 어떻게 중간 관계를 할 것인지 계획적인 부분에 설명이 필요합니다.

3) 단순히 과거 경험을 바탕으로 소통역량이라고 결론 내리기 보단, 중간관계를 소통으로 잘 이끌어 가는 계획부분을 바탕으로 최종적으로 소통을 잘하는 인재가 되겠다는 표현으로 마무리 하는 것이 좋을 것 같습니다.

수정 후

[고객과 회사의 소통창구가 되는 관리자]

고객과 회사에서 의견의 가장 잘 전달하는 인재가 될 것입니다. 제약영업에서 고객의 목소리를 회사에 전달하고, 회사는 고객의 의견을 반영하는 것이 중요하다고 생각합니다. 이를 통해 고객에게 가장 신뢰하고 믿음을 줄 수 있는 회사가 되고, 고객이 증가하여 자연스럽게 회사 수익도 높아 질 것입니다.

우선 신입사원으로서 선배의 업무를 가장 잘 공유하는 인재가 될 것입니다. 선배와의 의견하나하나 잘 기억하고, 동료들에게 공유하여 가장 업무 성과가 높은 팀으로 만들겠습니다.

둘째, 현장의 고객의 의견을 파악하겠습니다. 단순히 고객의 의견을 듣고 반영하는 수동적인 입장보단, 좀 더 적극적인 자세로 소통하겠습니다. 왜 그러한 의견을 말하였는지, 왜 그러한 의견이 필요한지 정확한 근거 기반으로 대안을 제시하는 영업인이 되겠습니다.

마지막으로 관리자의 위치에서는 부서원들과 임원진 사이에 소통창구 역할을 할 것입니다. 실무자의 의견과 임원진 사이의 의견을 조율하여 회사의 전략방향을 부서원들이 수행할 수 있는 가교 역할을 할 것입니다.

☑ 실패경험 극복 사례

수정 전

[협업을 높이자]

아이디어 대회에서 1등을 목표로 팀워크를 발휘한 경험이 있습니다. 대회 시작부터 열정적인 조원들은 많은 아이디어를 제시하며 다양한 생각을 이야기 하였습니다. 서로 서로 자신의 아이디어가 좋다고 주장하며 주제 결정이 늦어졌습니다. 이에 저는 빠른 결정을 위해, 팀원들을 중재 시켰습니다. 각각의 팀원들에 의견을 우선 존중하기로 하였습니다. 각 아이디어의 장점을 메모하여 팀원들의 의견을 존중하여 다수결로 표가 많은 것을 선정하였습니다. 결정 된 주제를 바탕으로 각자 역할을 분배하였습니다. 팀장으로 모든 끊임없이 소통할 수 있도록 노력하였고, 맡은 일을 다 하고 진행이 늦은 팀원을 도왔습니다. 그 결과 제한 된 시간 내에 마무리하였고, 1등은 달성하지 못하였지만, 입상을 수상할 수 있었습니다. ○○○기업에서 존중하여 설득하여 협업을 높이도록 하겠습니다.

[실패경험 극복 사례 첨삭]

1) 소제목에서 어떠한 협업능력을 제시하고 싶은지 좀더 구체적인 핵심키워드 역량이 필요합니다.

2) 단순히 빠른 결정을 위해 중재시키기 전, 지원자가 어떠한 결심으로 이러한 행동을 하게 되었는지 지원자만의 결심이 표현되어야 합니다.

3) 설득력을 높이기 위해 끊임없는 소통을 어떻게 하였는지 구체적인 설명 제시가 필요합니다.

수정 후

[다수결 원칙을 통한 팀 단결을 높이다.]

합리적인 의사결정을 적용하여 팀의 화합할 수 있도록 노력하였습니다. ○○대회 아이디어 콘테스트에 친구들과 참여한 경험이 있습니다. 대회 시작부터 친구들은 열정적으로 다양한 아이디어를 제시하였습니다. 자신의 아이디어가 좋다고 서로서로 주장을 펼치기 시작하였고, 그 분위기는 과열되어 친구들끼리 말다툼을 하였습니다. 팀원들의 화합이 무엇보다 중요하게 생각하는 저는, 중재자 역할을 담당하기로 결심하였습니다. 우선 친구들의 다양한 의견을 노트에 기록

하였고, 3~5가지 요소를 친구들과 협의하여 객관적인 판단을 할 수 있도록 기준을 만들었습니다. 그 기준에 따라 점수를 채점하였고, 최종적으로 친구들의 다수결 표를 선정하여 주제를 결정하였습니다. 팀원들의 중재자로서 합리적인 의사결정을 통해 주제를 결정하여 아이디어 발표를 진행하였습니다. 비록 입상을 수상하였지만, 팀원들과 갈등 없이 콘테스트를 잘 마무리 할 수 있었습니다. OOO기업에서도 갈등사항 시 합리적인 의사결정을 할 수 있도록 유도하여 팀워크 증진을 할 수 있도록 할 것입니다.

EPILOGUE

사회는 갈수록 더 많은 걸 요구하고 있다. 그 덕에 취업을 준비하는 청년들은 점점 더 지쳐가고 있다. 거기에 논술과 자소서라는 글쓰기까지 겸비하라고 하니, 이거야 말로 엎친 데 덮친 격으로 여길 수밖에 없을 것이다.

허나 글을 쓰는 것을 논술과 자소서를 쓰기 위한 것으로만 여기지는 말자. 글은 우리 삶의 소통을 위한 약속이자 내 생각을 표현하는 기호이다. 살아가는 동안 우리가 우리 자신을 알릴 수 있는 다양한 수단 중 하나이자, 나를 대신하고 대변하는 중요한 요소인 것이다.

글은 사라지지 않는다. 4차 산업 혁명 아니, 5차, 6차 산업 혁명이 일어나도 글은 사라지지 않는다. 글은 다양한 방식으로 사용될 뿐, 결코 사라지지 않는다. 과거에도, 현재에도, 미래에도 글은 여전히 잘 쓰는 사람이 유리하게 적용될 뿐이다. 어떠한 시대의 변화에도 그 중심에는 사람이 있었듯이, 사람을 대신하고 대변하는 글 역시 어떠한 시대의 변화

에도 그 중심에 위치하고 있을 테니 말이다.

완벽한 사람이 없듯이, 완벽한 글은 없다. 외적으로 아무리 꾸며도 내적으로 채워지지 않은 사람은 금방 탈로 나듯이, 미사어구로 가득한 글이라도 이렇다 할 메시지가 없다면 빛 좋은 개살구일 뿐이다.

하지만 좋은 사람, 나쁜 사람도, 잘난 사람, 못난 사람도 그 나름의 무언가를 남기듯이 글 역시 어떠한 글이든 무언가를 남기는 법이다. 부족한 글이라도, 어리숙한 글이라 할지라도 그 글은 무언가를 남긴다. 논술과 자소서, 혹은 사랑하는 사람을 향한 편지 등 살아가는 동안 우리는 다양한 목적을 위해 글을 쓰게 된다. 그럴 때마다 당신이 쓴 글은 당신을 대신해서 무언가를 남기게 된다. 당신의 의지, 목적, 마음 등 당신의 마음은 글이 대신 전하고 있을 것이다. 그리고 간절하면 간절할수록 당신은 생각하게 될 것이다.

EPILOGUE

'이 글이 부디 내 의지를, 내 마음을 잘 전달해주기를...'

과거와 달리 이제 글은 누구에게나 평등하게 주어지는 기회가 되었다. 글이라는 기회를 얼마나 잘 써먹느냐는 온전히 본인 역량으로 남았으니, 글쓰기는 본인 하기 나름의 영역이 된 것이다. 이 책을 만난 모든 이들은 부디 글을 최대한 잘 활용하여 좋은 기회를 잡을 수 있기를 바란다. 그리고 이 책이 그 기회에 조금이나마 도움이 된다면 더할 나위 없겠다.

이 말에 공감할 수 있는 이가 많아지길 바라며.

"기록은 기록을 경신한다!"